Flowers Kiss the Sun

花吻太阳

Flowers Kiss the Sun

花吻太阳

Author: **Cathy Xinman**
心漫 著

加拿大北美作家出版社
Canadian North America Writers Press Inc.

Flowers Kiss the Sun

花吻太阳

心漫(Cathy Xinman)著

Flowers Kiss the Sun

Cathy Xinman, author.

Poems.

Published by Canadian North America Writers Press Inc.

Library and Archives Canada

本书由加拿大北美作家出版社出版

加拿大图书档案馆

国际标准书号 ISBN 978-1-7773970-5-0 (Paperback)

ISBN 978-1-7773970-6-7 (ebook)

谨以此书献给

这三年，经历的白天和黑夜

活着，她需要的阳光

With the twists and turns the world has seen for the past three years, it seems that she has never seen darkness, terror nor sorrow.

带着全球三年的曲折与历史，就好像从没看到过黑暗、恐怖和哭泣；带着人类三年的孤独与盼望，就好像从没有过爱情；生活在沼泽中，就好像从没有过绝望。活着，像一个女人与忧郁的挣扎，在尘埃中歌唱；像生命，从没有过诗般的自由。像我永远爱你，太阳亲吻着大地。

After three years of loneliness and hope of human beings, it seems that she has never had love nor despair. To live, like a woman struggling against melancholy, to sing in the dust as if life has never had poetic freedom; as if I love you forever, the sun kisses the earth.

目录

引言

我一直在做一件沉默的事，孤独地做一种杞人忧天苦思。我的脑海里装着全人类，我不敢标明我的真实，也不敢讲演戏在精神领域里，我如何真诚地进入角色。我常常为我自己的真诚感动，我常常看到火山因我的情绪而被触发，流出它本性的岩浆。我奔向那散开的灭亡的火，我做了一件难的事。在失去自我之前，我想象全人类得到拯救。多么真实的壮举。我振臂欢呼。我不是平庸之辈。生存多么艰难，我只能从内心深处扯离自己，做一个默默无闻的快乐的人，做一个渺小的人，做一个在精神领域里呼吸的成功者。当鉴定的读者看到，孤独被不由自主地扮演时，我的心里装的是你，想的是你，爱的是你。爱情多么丰盛。花吻着太阳，太阳吻着花，开了又落，落了又开，我们总是形影相随。

当真实的谎言以自信的方式提供美感时，艺术惊呆的是，显示自己与众不同的人，是痛苦的。我不敢标明我的真实，怕说着说着就真的虚假了。你要是真想听我说那些倒霉的被忧伤刺透了的谎言时，你会生气的。让我曲折地展开一缕微光，不知你听说没有，那是午夜的星光，我新出的英文诗集《你爱自己的地方》(Where You Love Yourself) 被一个特殊的人看到了，他很早以前，居然从东方的一条河开始，就一直在寻找我，这让我感到害怕。

也不知道你相不相信，当一位加拿大地球科学家拿出他的狗头金给我们看时，餐桌上的剁辣椒蒸鱼头正冒起诱人的气味，我真希望他说，我们边吃边看吧。但他看着我说："我们的双语诗人心漫，你离诺贝尔奖越来越近了，你是我们这里离诺奖最近的，你新出了一本英文诗集，你要讲讲。"

这已经不是第一次，我虚荣的耳朵听到别人说关于我离诺奖的距离了。我惊讶于这种人性的善良带来的美好。我不想刻意掩盖我对这种精神价值本身的执著追求和对成败的超越。

但当我看到，对面墙上一张黑猫的图片时，不安感突如其来。我赶快移开我的视线。自从今年夏天，在一个午夜，我被一只大浣熊跟踪并恐吓后，我现在连图片上猫的眼睛都不敢看了。我想，还是离诺贝尔这种强光远一点好。还好，我还离它十万八千里，夜拥有繁星，海拥有明月，我拥有遥远。我连下一本诗集的名字都想了几个月，一直想不出没有缺陷的名字，只好继续自己收藏自己的文字。

我心里说："我只能跟太阳光亲吻，以前每天需要提醒这件事，现在已经是身体的本能、所固有、本性的了。"说完，我感觉我确实没有说出口，又感觉大家都笑了。

我注意到，我们要等的人已来了，坐在了我的对面。

这是一家加拿大东部的中餐馆，墙上到处贴着象征中国六十年代、七十年代的图片。

新来的人，他像鉴宝师一样盯着我看，我还沉浸在诺奖的虚火里，我朝他微笑，并陶醉于自己绽开的笑容里，心想：我的笑容一定迷人动人极了。

“我的天，你一定是那个我念念不忘的人。”他笑了。其他人的嘴一定是被碗里的剁辣椒鱼头征服了，居然没有人对这个刚来的人口里说的话有特别的反应。

我害怕的眼睛睁大了，这是2022年的秋天，我居住的城市刚好取消在公共场所必须戴口罩的规定，我的脸被他一览无余。我并不喜欢这类关注。

“谁？”我说。“看来有人与我长得很像。”

几十年前的一个午夜，在中国南方一个只有水路可以到达的偏僻小镇，大人们要做一件去河边祈求的事，必须选两个纯洁的童女执行这事。晚上我被外婆带去一个人的家里，与另一个女孩一起，等到午夜时分，两个人用手平端着一个用竹片编制的漏孔圆形筛子，小心翼翼地走过青石板街，走去一公里外的河边。我很好奇又有点害怕。当我与那个女孩， 按照大人的指示，走进水中，把手里的筛子往河水里做舀水的动作时，黑暗中，我发现星星离我很近，被我舀进筛子里，又漏出去了。我感觉被一种光照亮了一下。

当餐馆里遇到的那个陌生人提示我回忆时，他的眼睛发出亮光。我不能确定那是我。他说：“你当时读了一首诗，我们全部落泪了。我后来到处找你，写了很多信给你，都没有回复。你离开了古镇。你还写诗！”

我往前眺望了一会，地球艰难地活着。

“这三年，你还好吗？”

历史有时候是一首诗，有时候是一滴泪。我们每一个人都是历史的花草。我们吻别又相逢，像太阳和她的花，在这个不停旋转的小小的星球上。

不知道是诗让我觉醒，还是苦难让我学习内在的深刻，接受并对话向着光明飞翔的力量。爱意味着什么，生命意味着什么？我心里的我，我身体的我，哪一个更重要？太阳一直在，人类是她的花。

文学塑造的人类，让我们在历史的某个关联点上交会；在勾画的大图画里，我的发声是小众的。我胆怯地跟苦难辩论，在对抗中恐惧，在角逐中强烈，在煎熬中得到勇气，在焦虑中得到鼓舞，在时间的线索里暗示一个全球性的故事。

在被2020年初全球大灾难卷入的一波三折中，疫情历史亲历者，当时在痛苦中哭泣的人有你吗？让我的手劳动着弹奏着生命的颂歌，拨动心弦，为你弹唱。让诗的纯粹来感染人类。让我们的希望我们的爱都一起抵达。

愿生命如诗般自由，愿温暖刻骨铭心。愿多年以后，生命和爱依然能穿越时空。

跟我一起吻这块大地吧，吻这片神秘的天空，吻太阳的光辉，如同吻极贵的宝石。当你相信我用爱说话时，你的嘴就会有甜蜜的感觉。

1

把太阳升起，让忧伤揭起新幕

（2020 年 11 月）

忘记你，比风更远比云更高

让我忘记你
比风更远比云更高
让我在夜晚孤独
在白天寂寞
让树听见我的声音
穿过我的沉默
让你比我快乐
愿天欢喜愿地平安
愿海和其中所充满的沸腾

我喜欢我是寂静的
在黑夜爱你
在你的消失中爱你
云拥有了自由
我拥有了遥远
若我的梦中没有你
那是寒冷锁住了光明

生命如此多情
赐予我面包、牛奶和巧克力
让我拥有空气、忧伤和甜蜜
生命如此丰盛
赐予我早晨、空气和远方
让我拥有微笑、伤痕和叹气
让我不会哭着醒来
因为我一直在梦里
生命一直在燃烧

我一无所有
那是因为我拥有了白天和黑夜
拥有了花开、思念和泪水
像一颗树
拥有了金黄、苍凉和无奈
也拥有了希望
就像拥有了消失
我拥有了贫瘠
而你拥有了我爱你

把太阳升起，让忧伤揭起新幕

为了活着像一个诗人
每天把自己放到尘埃里
放到花草和树木里
放到忧郁和悲伤里
也把日头放到心中
让它不能西沉
而你离去的忧伤
让鸟鸣失了疲惫
缠绕的孤寂
如阴影与我越来越近
像秋日多么幸福
把金黄尽情挥霍
留下我，一个人
和雨一起在黑夜
想象着把太阳升起
再撒些灿烂的花瓣
让忧伤的灵魂揭起新幕
尘埃有限
但思念的光芒在这里
将永垂不朽

我看见新绿在无穷无尽的风中
追逐着我和我的渴望
抚摸着你额上的深痕
而因为我爱你
你的笑口尝到了泪滴
欢声在起舞
秋叶不再扬长而去
我希望我不再爱你
只爱天空和海洋
爱大地和母亲
爱炊烟和寂静
爱小鸟飞过不留痕迹
然而我与众不同
不能没有回忆没有皱纹
不能没有芬芳没有我爱你
不能把忧伤变得疲惫
把彩霞变得遥远
当夕阳在海面纷纷落下
你不能在远方
我也不能在天涯

爱在逐渐变弱，是风还不够强大

我是个绝望的人
为了把痛苦赶出心口
把金黄抛去了远方
并用虚弱遥望
但是，现在
我不想听你的
你还不了解我的残酷
当你打败了一切
占住了一切，充满了一切
得到了上帝的应许之地
风暴是个嫉妒的家伙
它具有人类最大的恶性
它把夜晚拆散
把空气打烂
制造一切破碎
现在，我只求一件事
让我不要看到秋天
不要看到落叶
不要看到你在风中
让我注视

生命充满了失望
你的声音不要触及我
让你的温柔与世隔离
而我，只请求在无尽的寂寞中
活下去
我是个微不足道的人
每天用尘埃换取落叶的同情
用雨水呼唤烈火的抚摸
别再说了，我寂寞的口
用刀劈开的胸口
不会再惧怕黑暗和苦难
上帝未曾应许赐予一帆风顺
若我的爱在逐渐变弱
那是因为风还不够强大
你还没有睁大眼睛
还没有在高处拍翼展翅
并取笑马和骑马的人
还没有在云上生火
在海中生情
而我，还没有在雨中生下喜悦

哦，我所有的忧伤，让敌人拿走

拿走我所有的爱
我的所有，是的
让它停止生长
停止心力交瘁夜夜哭泣
让它不要像秋叶
早上生机傍晚凋零
哦，我所有的爱
让强盗拿走，拿走我的外衣
拿走纯净的样子
你的声音在落叶中纷飞
我的眼睛在忧愁中模糊
我因被攻击而惊慌
你靠近的唇张开的臂
都不能拯救泪榻上的鸟
它金丝般的声音还在歌唱
歌唱你的名字
和这个沉重的世界
让那些被遗弃的灵魂
因我的爱得到新生
我的爱，让他们在绝望中歌唱

拿走我所有的忧伤
我的所有，是的
让它停止长大
停止泪漂寒夜湿透肌肤
让它不要像秋叶
早上金黄傍晚破碎
哦，我所有的忧伤

让敌人拿走，拿走树的哭声
拿走它流泪的样子
我看见人类在空气和酒中
被这个世界遗忘
没有孤岛，一个也没有
可以让一只沉重的船抵达
我看见黄昏在尘埃中挣扎
哦，我所有的忧伤
请不要在烈火中责备我
世界已倦，倦鸟归巢
我宁愿徒然受苦，忍饥挨饿
也要写下最遥远的诗句
歌唱最哀伤的爱情

我用什么爱你，你吞并了一切

我是个脆弱的人
看到田野在眼前消失
天空离我远去
看到黑夜睁着大眼
星星互相对视
我就恐惧战抖远远站着

黄昏总在我觉得无助的时候来临
我被风吹起的时候
没有翅膀
也无人为我感到难过
但那颗绝望的心
还在寻找你

秋天是个受过煎熬的骗子
它用舌头说谎用嘴唇自夸
金黄是半宿的谎言
任枯萎在树上悬挂
我用什么爱你
你吞并了一切

我只能像无所事事的荒野
在不安中保持着沉默
渴望时间在手上快乐地流逝
像一个没有追求的人
不要求生活
只想要活着爱你

我只想爬上月亮，在月亮上爱你

我所有的悲伤
一个也不给你
我选择不与你同类
即刻就远离并拍打了翅膀
宁愿池塘变干
暮色失光 是的
我所有的悲伤
一个也不给你
你这个虚假的奴隶
谎言是夏日的烈火
它袭击了太阳和云朵
颠覆了善良和纯净
燃烧了秋日和金黄
我选择让一个吻
封缄了你并留在天边
我选择不原谅你
就是落叶纷飞天地悲怆
我选择不看
世界被一张面孔充满
海洋被一副油画覆盖

我选择让忧郁沉睡
不在早上回忆你
不在夜晚看着你
我选择被世界遗忘
爱情不要扶我起床
你的出现像一滴泪
在我眼前变成洪峰

我只想爬上月亮
在月亮上爱你
让爱情在天上 你在人间
大地充满了风暴
你的到来
点燃了崩溃和沦陷
我选择让风卷走一切
我所有的悲伤
一个也不给你
我的声音充满了寂静
一句也不要你听见
我选择了悲伤
而你在悲伤之外

爱情，求你携闪电而来，震撼我心

没有你的时间是多么的自由
可以诗意地举起酒杯
不为谁干杯
听幼稚的声音摇着头
唱无奈的歌
看茫然的脸故作深沉
说无聊的话
不用去黄昏
把暮色推到你面前
不用去你的额头查看
是否落满了尘埃和风月
当火焰像红枫一样
把枯萎挂在枝头
小鸟的叫声已不够抵挡空旷
冰雪不会为寒冷内疚
我也不想再看到
落叶在空中徒留伤痕
美丽在自残中挣扎
天空不想憔悴
我选择逃离

爱情你不要扶我启程
我虽然瘦小但不需要坚强
不需要你在风中
为我呐喊为我加油
我的身体安然无恙
我的灵魂却在深渊
我要去投靠黑夜

求你不要阻拦
我要在海底写下最忧伤的诗
求你离开我撇弃我
恶人抓到我诬告我恐吓我
我不能让他们吞吃了我
也不想在诡诈面前
洗手表明清白
没有你的日子是多么的绝望
让我呼求请不要不理我
让我离开口蜜腹剑
爱情你充满了能力
求你携闪电而来
震撼我心

让我的手触到石头上的刀子吧

我坦言我还不认识黑暗
即使在最险恶的黑夜
我还是相信爱情
即使繁星真的很愚蠢
把自己落进了黑色的陷阱
我还是爱它光明的生命
我仰望它慎独的委身
是最崇高的孤独

秋天啊，扔下那么多
缠绕的树枝纠结的败叶
我相信所有的叶子都会落下
但不是所有的叶子都真正活过
我爱它飘荡的优雅
即使墙垣真的很愚拙
把自己靠在了雨和夜的疾风里
我爱它震荡的旌旗

让我的手触到石头上的刀子吧
让鲜血流出如生命一样流畅
如怒吼的兀鹰搏击长空
攀爬在午夜的星河
生命，你必须经过黑坑和幽谷
埋葬了黑暗与痛苦
才能跟我一起攀登
让最美的风景在最险处诞生吧

来吧，你如果爱我
就要爱我的生命
爱我沉默的嘴唇只为信念呐喊
爱我忧伤的眼眸只为坚强痛苦
爱我用血脉说话的语言
爱我希望的火山会随时爆发
我坦言我还不认识人生
但我相信有爱才有了生命

泪水在做纯洁的事，灵魂在与旧骨骸告别

当你睡着的时候
我在等待晨曦
像等待一首诗
从面包牛奶中涌出
虚荣我的皮囊
跋涉在我体内的黑暗里
让毒素喝足悲哀、撕裂和绝望
泪水在做纯洁的事
灵魂在与旧骨骸告别
啊，这是秋天最壮烈的时刻
我只需躺着，躺着等待
不关心残骸的颤抖
我似乎不认识它
它像海中的巨轮义无反顾
撞向冰山
我只需躺着，躺着等待
不关心金银
只关心生命在水面浮出
啊，我爱这几乎要丧失的信心
波浪举起了你，这是春天的花朵

当你睡着的时候
我在等待光明
像等待一支曲
从我的手指间轻轻滑过
我不再逃避光阴的追问
追问我是否在冬天虚度了寒冷
是否让悲伤喝足了冷气
土地在做赤裸的事
纯洁在查看谁还没有放下行囊
啊，这是冬天最冷酷的时刻
我只需躺着，躺着等待
不关心黑夜的惊骇
和白日的刀剑
我已把各种滋味放入口中
把你眺望的样子放入诗中
我在努力寻找淹没的伊甸园
是否还有夏娃和树叶
啊，我爱这几乎要丧失的信心
众海底浮出了水面
我爱这不分离的世界

美食吸引了我鼻子，但吸引不了我的叶子

不想开口说
我很穷
今天一位聪明人
问我要不要富贵一次
我答我虽穷
但还有白纸一张
秃笔一支
舌根虽无沧海
但吾诗也如潮涌
虽可供寡人日日暴食
唯恐大王们消化不良
有失君子之道也

我喜欢无聊的事
整个秋天为树叶痛苦
却不为自己的皮囊担忧
现在
还沉浸在思念里
我活着是因为饱足来自心里
美食吸引了我鼻子
但吸引不了我的叶子

不想开口说
我很穷
今天一位富贵人
问我要不要沾金银

我答我虽穷
但还有玉手一双
黑墨一瓶
吾思也如泉涌
虽可供诸侯酒赋新词
但唯恐大王们陷入笙箫
吾虽胸无大志
但也非系凡庸之辈也

我喜欢伟大的事
整个秋天都在为树叶讴歌
我向每一条小路致敬
向每一个路人招手
虽然恐慌吸引了距离
但吸引不了我的叶子
它视我为女王
宝贝我这个靠心活着的仆人

如果星星不陪你做梦，那是它坠入了黑暗

我宁愿我忘了你是谁
自从天地分开以来
我才发现夜晚
是从我的眼中开始
黑暗在远方渐渐明朗
啊，这是个偶然的发现
开始我以为
是你点亮了黑夜
因为那些星星呀
不陪我入梦
开始我以为
是你照亮了星星
因为那些光明呀
让我看到了黑暗
这是个惊人的发现
我必须以火的速度
摇醒所有还在梦中的孩子
如果星星不陪你们做梦
那是因为它们坠入了黑暗
而黑暗做不了纯洁的梦

我宁愿你忘了我是谁
自从白天和黑夜分开以来
我才发现白昼
是从我睁开眼开始的
白光在瞬间向我扑面而来

啊，这是个悲伤的发现
开始我以为
是你带来了光明
当阳光拍打窗户的声音
越来越激烈
像水在沸腾
像痛苦在燃烧
当青春以透明去拥抱火焰
当苏醒进入了世界
没有人会嫉妒
生命在复活里的泪水
当喜悦的光芒照亮你时
你却在光明之外
我宁愿你做欺骗的梦
让黑暗忘了你是谁

2

流浪地球

(冬天)

爱情太短遗忘太长

今夜的海我只能想象
想象它涨满的心事
欲罢不能
想象它摇晃的静谧
无鸥鸟飞过
想象它淹没的脚印
有鱼儿游戏

这样的夜晚
我注定要被海水充满
填满的是无懈可击的黑暗
水草是唯一的诱惑
它的飘逸与优雅
让昨日的天空崭露蔚蓝

这样的蓝色是忧郁的
忧郁的是被娇惯了的依恋
依赖这长长的夜晚
想象着一个模糊的背影
从没有被身后的脚印
短暂的缠绕过

流浪地球

当大雪淹没了一切可视之物
世界失去了它的温度
冰川开始凝聚
人类也顿然停止了
为海水上升的喧嚣

街巷阡陌上两个细微的声音
是寒夜无心设计的一次相遇
玫瑰掀起的花期
选择你证明它有过的雪季
你的笑声就这样漫过了天际

亲爱的，我在懊悔里忧愁
你的真情飞跃了地上的寒气
而我却错过了比翼双飞的时刻
我也不是地球人
却在地球上流浪
你要告诉我出口在哪里

流淌的岁月

我先把心打湿
免得你不得不放下行李
看蚕丝在我的眼里
凝结成
散落的珠子

我先把头发吹散
免得你的呼吸
辗转难眠
又把那打闹的嬉笑
再次吹过我的发梢

我先把战火的喧闹
从赤壁上偷偷移去
再把记忆打碎
抛进柔柔的江水
让你一千次的回忆
没有痕迹

爱在江山外

光之外
一个人的思绪
漫过青云的翅膀
染尽琼楼玉宇
宫阙瑶池

王谢之燕子
口衔青梅
醉饮竹露
夜啜寒苞

隐隐约约
天地之间
只飘
一种风情
一声琴瑟
一尺红纱

冤家
为何只独钟廉颇
不插戴簪钗
只穿梭风雅

空恨道
流不尽的千古年华
传不够的殷勤月光
心同咫尺
身在天涯

良人
不准眉头紧蹙
思念来与不来
倾心归与不归
不要叫醒
你所亲爱的
等他自己情愿

虚空
漂浮着地球
你要看到
谁将你的闲愁
在江山风雨之外
柔捻轻搓

甚至遗失了暮色之十四行诗

要不是你像我的兄弟
像我母亲乳汁里的清澈
要不是那满湖渗出的颜色
我才不会在苹果树下叫醒你

要不是你有做梦的羽翼
可以轻拍受伤鹿儿的饥渴
要不是那满天无处诉说的儿歌
我才不会为你存留瞬逝的美丽

心爱的，是你走得太慢了
还是黄昏要安睡了
我们甚至失去了给它道晚安的时候

要不是我的童年被你笑过
要不是我的笑声被你写过
我才不会徘徊在暮色之后

月光下的思念

昨夜
思念醉饮银色
我在你的背影里沉睡

蓝色的呼吸里
我触摸海的脉搏
没有你的跳动
海不深

月光啊
你可摇我年岁
飞雪夜
可给我冬的针线
我要用它来
穿梭思念

我只期待一颗星

你总是很小心，不让我看到你红色的脸
你总是很习惯，不露出你脸上玫瑰的花瓣

谁看你像我，在你调皮浅笑下迷失的辛苦
谁疼你像我，为你爬上云端绘制晚霞的疲乏

抛弃了全世界，我仰起我纯净的脸
畅饮了五谷新酒，我摆上了我小小的心脏

我不想你抬头的时候，陷入试探和诱惑
我每天拜托天空为你只播放一颗星，不说话的一颗星
如果目光足够长，我们只交换光芒
正如白日只需要一个太阳，地上只需一颗心
可以时刻搭救我的小小的心
如果颜色足够艳，我们只交换笑脸

爱与海的深情对话

爱一直在排练
在没有光的大海
星星互相指点

爱一直在滚动
在没有波浪的天空
大地像一片憔悴的叶子
任大海翻转叹息

爱一直在那里
在陡峭隐蔽处
大海向我倾斜
倒出所有的思念

爱推开门窗
张开大海的翅膀
拍打大船辗过的浪花
采集洒向我床榻的芳香

我算什么
竟然可以打开大海的心房
与我的良人
互诉心肠

外婆

直到今日
每逢思念把你触及
手帕还在心上
云雾还在身边
海水入侵了高地
小螃蟹们纷纷抱住沙石
我坐在海里的磐石上
不知归期

这样的我，四面受敌
思念却不被困住
投靠你向我撩起的眼帘
你老的像一个孩子
问是不是心爱的宝仔来了
忙碌总会挺身而出
遮盖我的归期
直到你被光突然带走

内疚和后悔都是落水的朋友
游不到船头的秋水
我喜欢你在梦里
乖乖的听了上帝的话
接受了人间没有的爱
幸福着不想醒来
就像你小时候贪睡一样

一声秋叶翩翩叹息

一声秋叶翩翩叹息
漫阶的疏黄
忽然站立
看风起，看扇舞

我的忧伤似火
燃烧了焦虑的叶子
我的心跳如雨
浸开了空谷的幽兰

所有的风都来了吗?
叶归尘，尘归土
所有的叶子都葬了吗?
土归泥，泥归地

我的泥土匠啊
你量了我的血
测了我的脉
你赐我力气在风中屹立
世界为玉碎
你要为我全

看哪，一切都更新了
宇宙不再关闭他的白天
明亮不再离开他的水边
那里有一棵树
每月结果子叶子为妙药
我要写上
这是真的

我喜欢你是真实的之十四行诗

借一次我惺忪的睡眼
擦试一下贴近眼角的时间
你在哪里的天边
可知我还在恍惚着梦里的璀璨

再借一次我们梦想的风帆
承载一下死亡谷内的火箭
人类虽已用尽了所有的火焰
可知我们曾为此吝惜一声轻叹

心爱的，我想借今晨的歌
跳一次寂寞的探戈
直到地面上所有的海水退去

从此风帆不再属于海
我喜欢它自由的神态
正如真实的你有自己的火炬

如果我可以对你诉说

旅途带着灵魂很长
大树带着叶子很吵
大海带着浪花很挤

尘埃带着梦想
在世人的肩上喘息

我带着自己
在旷野
关闭心扉
清干愁肠
用风筑起闺房

在暴风雨之夜
撑开绣匾
只刺一朵
沾着我泪水的小花

我把你的柔声细细缝上
把我的过往
扎出新痕
点上寒露酿出酒
和我的小花独酌

你片片的柔声
在无人的沙漠
在陡峭的冰涯
悄悄的
绣入我的心骨

从白昼到黄昏
从地老到天荒

月亮一定是在你的脸上

你一定是在我的心上
黑色的头发
黑色的眼睛
你带我流浪的黑色夜晚
月亮一定是在你的脸上
不然我怎么看见了
我所盼望的

我们有了两个人的交谈
你用说不出来的叹息
为我流泪为我屈膝
替我祈求一个全新的生命
不然我怎么相信了
我所有夜晚
从此圣洁如光

蒲公英啊你要永远幸福

世上可有任何一种笑脸
比点亮草地的你更鲜艳
地上可有任何一种爱情
比充满野地的风更甜美

你坦言你不需要媒介
万物在蜜蜂中穿梭繁衍
你声明你只钟情风雨
正如星星只在黑夜里设宴

多少次路过
没有像今天这样让我爱你
我歌唱了你，又在你的面前
摆上了我整个春天

你现在听懂了吗?
只有与你一起笑的时候
才意识到我还活着
在复活的日子里
我有什么权利
不把你放进我心里

真正的高手 王羲之的鹅

鹅鹅鹅
清晨在我挑水的山泉前
你突然出现
这是东晋历史上鲜为人知的一幕

那长在长脖上的脸
让我相信你不属于我们人类
你那高过我头顶的叫声
让我相信你有最激越的声线

你警锐地向我扑过来
一场人鹅之战迫在眉睫
让我抓住我的裙子往后退吧
我只比你高一点

但我怎样才能勇敢呀
你是右将军的鹅
我是右将军不收的学生
机智如我禀呈如下

它偷喝了我的清泉水
尝到了甜头想独占鳌头
它偷尝了绍兴的黄酒
醉意之下不辨善恶

　　它的脖子比我更容易喝到水
　　它的脚掌比我更容易浮出水
　　兰亭序里欠缺的笔画
　　就是被它偷去做了手脚

右将军怒发冲冠拍案而起
罚我面对你三天三夜
模仿你的行走体态游泳姿势
我在半夜把自己变成了你

　　如你头颈的昂扬微曲
　　如你脚掌的拨水清波
　　这是书法运笔的奥妙
　　这是我成为将军学生的历史爆料

复杂的人啊你相信了吗?

唱一首快乐的歌

这街上人太少
像夏天悄悄过去
剩下秋黄和霜露
像青春轻挥衣袖
抛下不惑与古稀

像一个人面对孤寂
将灵魂弹奏于闹市
却无声音可遇

我没有海的声音
凭厥歌让斜阳依恋
也没有山的背影
任世侩挥霍痴情

在人类不能怜悯之地困惑
在一切无法抵达之处恍惚
岁月啊,扑朔迷离
挤满了懊悔和贫穷
谁会奢侈于淡月与疏星

昨夜，一个乐章从天而降
会唱的人屈指可数
月亮在门窗轻拨和弦
你会不会是那个惊讶的邻舍呢?

转眼之间多少事一路向前

月光之下
黑夜揉动了他的眼
在月湾之处
碾过一切传说
撑开一叶孤舟
摇醒一地泪珠

转眼之间多少事
穿戴坚强的锁链
雕刻着风雪的行板
一路向前

千年楚歌还在上空
箫声早已越过了江东
霸王不别姬

人类逃离的忧伤

天降大雪
絮絮叨叨摇下傲慢
我没有羽毛没有翅膀
万人用白色的眼睛看我
大地用颤抖托起我的身躯

天失光明
密云和幽暗在我的四周
美好是体弱的妇人
躲不过夜行的瘟疫
打不过日间的病毒

没有人教会我认识狮子和虺蛇
我与它们一起度过了童年
我仅是一只草场上的小羊
只能向寒冷出发
向雪山靠近

请不要为我忧伤
我带上了千年的干粮
我会一直在旷野荒地漂荡
在饥渴发昏之前
一定会寻见可住的城邑

与人类隔离的难题

在没有得到生机之前
我像一只日暮途穷的雄狮
翻滚于饥饱
在与狼共舞之中
失去了浓密的鬃发

幸存下来是痛苦的
南方也吹来寒风
跟北边来的飓风搅拌
我在漩涡里被迫飞翔的姿势
让久侯的摄影师
捕捉到了年度最佳图片

接下来掉入一个吞噬的游戏里
游戏者们扔下了诸多药瓶
饥渴是人类的病症
我不敢打开随便吃
害怕酣睡不醒

后来我习惯睁开眼睛睡觉
这样我更加憔悴
早起是孤独者的武器
我已失去了为食物拼搏的动力
就在今晨我把自己变成了一只鹭鸶
飞越于瀑布之上自由之地
并且向人类宣告了它昨天的胜利

名利有什么用?

漂亮有什么用?
热烈有什么用?
独芳有什么用?
什么时候
我的庭院来了这些
这些夺目的红叶

四季早已把爱情四溢
让饥饿的饱足
让富足的失了欲望
让有病的没病的
都感冒都发烧
让打喷嚏的流鼻涕的
都挤在一朵花前互相祝福

大地还需要一次，血性的风采吗?
明黄嫩綠姹紫嫣红
早已俘虏了一切有形的无形的思绪
人类在树梢上的轻歌曼舞
是地球最火的发型设计

红叶
你跟百花争艳有什么用?
我对你的颂歌有什么用?
我吻你的前额有什么用?
我的红唇有什么用?
烈焰的秋季有什么用?

你一直在我的心上有什么用?
让世界和其中所充满的
无所不知无所不能有什么用?
赚得了全世界
却赔上了自己的性命
有什么用? 我们都戴上
地球上客旅的标签
会不会有点用?

我爱你

无言无语
也无声音可听
从这日到那日
从这夜到那夜

星星被吹灭
天下被划破
我宁愿你转身前
雷电突然出现
你被击倒在我的胸前

这样你已无处可逃
我可以用右手扶持你
那是我写字的手说话的手
我喝水的手我聪明的手

还能有什么作为
我把我唯一的右手给了你
你还能有什么可以推诿
不顺服这一刻

开口笑一笑吧新春来了

我需要把童年点燃
用纯洁的心情
怒放新衣裳上的花儿
用青年的力量
让幸福在街巷上酣欢
听吆喝声热情鞭炮声清唱
开口笑一笑吧
新春来了

炒米糕红薯糖
沾着小手粘肚肠
大哥哥大姐姐回来了
古镇也年轻了
似曾相识的脸颊
洋溢着信心和勇气
多少艰难磨练过去
希望和活力今天要拜年咯

以身无半亩之心忧天下
竭尽爱的光芒和力量
祝福家乡
祝福我们的同胞

心爱的一朵玫瑰花

你从哪里来
我心爱的玫瑰
你要去哪里
我多情的蔷薇
什么时候
你踩到了我的心扉

飘过麦浪
掠过飞鸟的翅膀
小筑清溪尾
你放下我的呼吸
竟无径可回

怎样明了
我心里的美玉
你那可以拯救
火星的馨香
在地球上
就这样

日日挂在我的眉头
夜夜落在我的枕边

爱是永不止息

摇着半个月亮
挽着半片云彩
大海顿时有了牵挂

你用新郎掀纱时的心跳
给我摇来浪花的羞涩

我以初见母亲时的喧闹
为你收集雨夜的烦躁

又用我的正义
点燃你的脾气
一起发射到
一千零一夜的瓶罐里

我用婴儿般的眼泪
和你一起
躺在那王的印记里

一千年平静

醒来
海已不再是海
你也不再是你

说 我爱你

忧伤在玫瑰园里下雨
爱情在黑暗里补妆
泥沙在聚集逃生的力量
冲向大海的千里堤坝

我的玫瑰花籽
那天流落到天涯
海的誓言 被流放到珍珠港口
在船的一角 被吊唁

被赶出伊甸园的夫妻
捡拾叶子
不再赤身露体 日光之下
弯曲的汗水在背脊上喘息

Flowers Kiss the Sun

花吻太阳

新出生的一颗心
踩过斗兽场上的血迹
以亲吻的姿势
在月弦之处站立

我的玫瑰花籽啊
你知道我一直在那里
在瀑布之下
倾听月亮变圆的声音

日食

站在地球上
我凝视宇宙间的一个对话
太阳倾情
百年一次的抹黑

夜色仿佛开始起航
四周在冷风里慢慢幽暗
月亮的影子在悄悄移动
星星开始坠落

光静静地卸下它的面具
折成一根金线 弯弯的
如平安夜的马槽
圣婴躺在空中

谁在摇动造物主的手
祈求一个秘密
你向光和影说了什么

3

我永远爱你

（秋天）

我喜欢你是忧伤的

我告诉黑夜把它调成静音
告诉幽暗不要在四周游来游去
这些还不够
我又用柔软的小脚走进对面的门
那里还有一点缝隙
我又用我温柔的眼眸嘱托调皮的窗
我只允许它再跟月亮玩耍一秒

我最后浏览了床头柜，床头灯
只剩下枕头，它看起来是安静的
只剩下你，你看起来是忧伤的
忧伤的你又在午夜之前
连同空气中的神秘
把我所有的寂静全部摇动了

我喜欢你是忧伤的，忧伤的坐在我的身边
我触摸你温柔的小手
你的忧伤是电的光芒
刺痛了我的眼睛
我便是一个心甘情愿瞎眼的人
我不再为夜晚闭上眼睛
也不想再看世间万物
从此我有了最敏感的神经
触动宇宙里最忧伤的一颗星

红叶 人们说你又要离开

你的青丝含在我的眼里
婴儿般我依赖无泣
悄悄地
你染红了我的瞳仁
和手里的疼痛

要怎样可以停止
你长大的美丽
和你青春的羽翼

要怎样可以忽视
你张开的翅膀
和坎坷的跑道

或许可以
把你摆在
隐蔽一处
我们面对面促膝
心对心呼吸

或许可以
在你离开的空地
抱着你的气息
和你忠坚的爱情
一千次惊喜

红叶
十月的燕子啊
我如何解读
你比死亡更坚强的鲜艳

　　红叶
　　我手心里的笑脸啊
　　你像不像上帝爱的书签
　　飘落到了人间

我永远爱你

波浪住在夏天
像一个圈套
我们把自己摆在最热的波上

你的汗珠飞洒在我的眼角
天边的山火也赶来观看热闹

波浪煽动风帆
把我们送到深深的海洋
大水面前
楚汉不争霸

我纵然有
一千个理由不爱你
也要和你
撑船回家

人约黄昏后

躺在一棵树下
让星星找不到我的眼睛
让东风吹不开我的秘密
让那人闻不到我的气息
寻芳万里
千百度

履在一块薄冰上
看凫雁游戏寒枝
任云霞浸过手心
我在哪里

今日黄昏
月上树梢
一个人的心事被捡起

弯弯的月亮

会不会填满它的思念呢

我祈求三次

　　　它依然浅笑如钩

　　　我又祈求了七十个七次

我可怜的忧愁

不知道今天月满西楼

　　　亮丽如花

　　　我要在何处躲藏

让我和湖鸥相爱吧

我愿意你知道
我嫉妒你拥抱的模样
我抛弃了汽车和火箭
穿上了树叶赶制的衣裳
赤着脚从荒野而来
只比大雪晚一步到达
天下刚好大白

我愿意你看到
我没有门牙大笑的模样
这样的时候不多了
下午我就会长大成爸爸的样子
纯洁很快就会冰消瓦解
在世界开始西装革履前
让我们相爱吧

乘着歌声的翅膀

亲爱的请跟随我
我们要飞跃宇宙
忧伤的心啊
你一定是在思念
不知道我日夜
就在你身边
你要相信要热切
抓住我的手畅快长久

我们要披阅安徒生童话
我们要点评日月星宿
我们要摇滚天赋
诗意蓝图
飞翔吧我的爱人
你要相信要热烈
我们要品尝爱情的神圣
我们要点燃天宇更新时光

4

救我一滴海水

(夏天)

似乎忧愁

像地球悬在空中
西边糊涂
东边清醒

像飞鸟衔起
巴别塔散落的声音
却还是听不懂人类易变的口音

像流水消磨岩石
伊人在旧词里梳理青丝
却等不到大海流动的爱情故事

像落叶飘荡秋天
大地总在赶制森林的冬靴

像大海潮起潮落
总不带走我的石头

像我们拥抱与沧桑和好
岁月交出了它的刀枪

像我在你面前泪珠破裂
笑脸在地球上七彩飞扬

似乎忧愁
却是常常快乐的

初恋

梦远眺
风的方向
舒展长夜浓宵
爱追逐海的脚步
踏碎半生的心跳

我守侯在
天地之间
一片云彩之下
一处悬崖之峭

我要朝你的方向
轻拨琴弦
在你触到我心扉的一刻
嘎然休止

你的柔声
将脱去我所有的伪装
我们洁白如雪
初恋般携香入画

风气势汹汹
但我只要
听你的声音
穿过星际
滑到我的指尖
作我金丝
纺织思念

在宇宙中
你只让我听到
雪泥鸿爪
梦已先飞
天地青丝
云鬓缠绕

从春绿到秋黄
从酷暑到雪飘
呢喃千年遥

我喜欢你是属于春天的

蓝天太短
风长长地吹过来
太阳就躲躲闪闪了
躲闪的还有
隐藏在花蕊里的我

密枝上的雀鸟不像我
也不关心我的到来
我在这里仰首拍下它
和它蹬着昏睡的模样
我要让春天知道
有一只鸟在绿色里无动于衷

你不像那只鸟儿
因为有春天在爱你
而我刚好沐浴在春光里
你和我之间
只隔着一片光的距离

我不想错过
你眼睛在叶子上跳动着的火焰
和那深处燃烧着的万道光芒
我相信当我爱你时
我定会见到那烈焰

我要让眼泪去做河的事情

今天午后
我诞生了一颗小小的泪滴
没有人认识它，也没有人愿意听它出生时的呐喊

我拥抱了它
但我也不想喂养它
我只好把这个新出生的宝贝
挂在天上有彩霞的那一边

我告诉山峦不要碰到它
告诉太阳不要晒黑了它
告诉白云要长高，和我的宝贝
再生出一条崭新的河

河水要在午夜飞流直下
如果可以载着你的梦

我希望你一直在船上
而我一直在水中

今夜无人入眠

多么美妙的清晨
一推窗
竟见到奇妙君
天下大白
我的王子
你降落在我怀里

多么丰盛的宴席
我居然是被邀请的贵宾
我的王子赐予能力
地上一切虚伪丑陋的
都被更新

啊白雪王子飞舞着
万种自由千般柔美
它是今天的主人
天地之間白白受此珠玉者
正以一掬之泪报答

看啦，一个生命此刻更丰盛
空气多么清洁新鲜
谁能如此幽逸清高
一推窗就可望见光明
飞越大地的不眠之夜

美好秋光

枯荷残阳和孤鹜
在暮霭里又一次相遇
大雁开始试飞
摇荡秋日

没有小桥的流水
没有灯火的渔家
枯干的老藤被往事收留
断肠的人嫁给了天涯

沦落的人啊
在恼恨的忿怒的嚷闹的
人群里
寻找生命的鼓励

欺骗还在毁谤还在
人是善变的反复无常的

秋天
我守时的守信的兄弟
千年不改
展现岁月的果子

亲爱的
不要在片片黄叶里哭泣
请和我一起外出
去巧遇蔓越莓

今夜
我们不回家
一起来仰望星空
连同心里的光

一个焦虑世界的白日梦

焦虑在世界的药罐里煎熬
火爆在岩浆的新房里吵闹
高楼落在我的眼下
我的瞳仁病了

我打破时间的药房
引诱它穿上皇帝的新装
在大漠里追逐黄沙
在楼兰姑娘的笑声里倒下

我解放被囚禁的北京猿人
给它吃上时间的解药
在山顶洞里绑架时光
贪婪被戴上了手铐
大地穿上了花的衣裳

我躺在地球上计算
天上还有什么宝藏
等着金钱去殉道呢？

我一岁了，流浪了一天

昨天我没有回家
摇晃着走来走去

那是多么美妙的早上五点钟啊
妈妈居然同意我开始流浪
　　　她说我一岁的生日
　　　要像大人一样过

小个儿蚂蚁小姐
偷听了妈妈的话
藏到了我手里的小汽车里
我的小手突然感觉沉重了

她开口跟我说话的时候
太阳突然不见了
我找了好一阵声音从哪来
但我又发现我眼睛里的光
也突然不见了

我想我一定是到了
人生最危险的时候
有人给我一副望眼镜
我一戴上它蚂蚁小姐就笑了
她的声音让黑暗更近了

一岁的我还没来得及学会母语
一岁的生日只有 24 个小时
我在黑暗里听着不是人的声音
我想我必须丢掉手里的重量
马上回家

一丢掉手上重物
我的心就亮了
全身变得光明
眼睛像灯远远的就看见了
妈妈守在家门口

　　她跑过来抱起了我
　　我忘记了我是否哭过

救我一滴海水

你这大海中最美丽的一滴
劫持在夏日的一缕
狂风里
摔落在我贫瘠的一角
花园里
你思乡成疾
在落花里枯萎

我流出所有的泪水
又把心打碎
来安慰你

再把一颗葡萄籽
洒在你的心里

当夜色来访
葡萄已长大如鸽子眼
吹着圆号
在你的轻涛里荡漾

当葡萄酒的芳香
在我的拖鞋里吱吱作响
夏风已穿起秋的衣裳
在你的藤下四处张望

我拿起桌上的一串葡萄
回忆起去年咸咸的味道
这珍珠似的果粒
是不是你如沙的后裔呢

在梦想诞生的内舍
祝爱与被爱都甜美

给一棵树写诗

早上夏天突然走过
带走了树上的绿叶
一片两片三片
枝丫上还有好多片
等我跟它们说再见
我只想说几句
免得它们觉得我唠叨

你们知道我
在这里工作几年了?
你们不用做工
也不用金钱
穿过绿色的衣裳
有小鸟为你歌唱
还有我为你写的诗

上天爱你如此
还不许我妒忌你
你没有感觉吗?

清心的人有福了

走过阳光
走过它洒落在我身上的那一刻
走过浓重烟味的陌生人
他措手不及地接到了我的微笑

小狗的出现是山上的流水
它的快乐被天上的白云收到
又降落在小草的发髻上
嬉笑地给疾行的小脚让路

年轻的母亲怀抱初生的婴孩
淳朴的父亲挎大包紧跟
旁若无人的女子面朝湖水
张开的手臂世界不在其中

我也不想在过往的忧伤中
忧伤是人类的思想
大哉，世上的奥秘
富足的不知晓
清心的人有福了

那落在花瓣上的欢喜

我知道你忍辱负重
長年劳作
学会了各种语言
甚至那些刚出土的甲骨文
也学到了一点天使的措辞
日子如白驹过隙
今天我们不期而遇
发现你已不再是路人甲

你好像明白了各样的奥秘
包括闯红灯的秘诀
也教我这个色盲患者
在十字路口
依人而行的识辨武器

可是我们终将老去
你会对我发过来的短信
和打过来的电话发呆
孩童般恍然大悟我是谁
当我银铃般的笑声响起时
你又忘记了你是谁

那落在花瓣上的欢喜
那靠在溪水旁的美好
亲爱的除了它们
你还记得住我们初心的爱心吗?

5

看我为你准备了怎样的阳光

（每一天）

我给你起了一个快乐的名字

什么时候开始
大地和太阳一起
落在了人类的思考中
缓慢而沉重的文明
让珍宝与灰烬互认知己
沉默是万物隐形的能量

令人目眩的人间
我选择抛弃一切有声之物
藐视万种语言
鄙视微笑的千种妩媚
安静我的灵魂四百年
直到新的盟约浮出水面

在一个最柔软的早上
我得到了祝福
我给你起了一个快乐的名字
你像天使一样在诺言里展翅
孩子，我的祝福是清楚的
清楚地发出最启始的光

我喜欢你是被祝福的
从现在开始祝福你，也祝福我自己
愿我們两个终身都是小孩子
在学走路时惊喜
在快乐中成長，并祝福
所有人

这样的一见钟情令人着迷

直到你滑过黑暗急着出现
直到你在午夜面前
畅快淋漓地讴歌了自己
我才被你的大胆无畏
所向披靡精神大振

这样的一见钟情令人着迷
吃奶的婴儿闭着双眼
也是如此的含情脉脉
我们的第一次拥抱 娇嫩而细腻
就如你我曾经在水中 触摸彼此

心爱的 你一直在长大
我一直在你的大眼睛里
幸福着，我想我
能为这幸福做些什么呢?
我想我必须做些什么来回报它呢?

我想每天祝福你 我要摇动爱
从天而降 缓缓流进你的心里
让你满足又喜乐
在世俗里高贵 在这个星球上
释放你独立的爱

爱是因为你在我心里

这一天开始
你被这个奇异的世界吸引
一个母亲看到一片美丽的天空
很像这个小婴孩
穿戴好向你走来

这一天
我对你的微笑也启程
亲吻了你第一声哭泣
开始了日夜恋爱

这一天
我开始了爱的祈祷
愿你内心充满了渴望
愿我们欢喜快乐
愿你梦想成真
愿你口说智慧人生光明

看我为你准备了怎样的阳光

太阳光，你为什么
要叫醒我的小鱼缸
点亮我的玻璃窗
和我小小的床，还晃动
我小狗的长尾巴
你看看，我所有的东西
都被你占领了

现在我好热，算了
我都给你，连同我的外衣
还有我玩具娃娃的高跟鞋
这样你就可以陪我去沙滩了吧

现在你要弯下身子
让我拥抱你，我还要
在你脸上轻轻地吻一下
因为我刚才偷吃了一颗糖
甜甜的，你闻到了吗

我想你一定开始喜欢我了
我们就在海边变老吧
我只祈求一件事
我要一个小小的权利
可以命令大人们的权利
让他们都变成小孩子
让他们只记得开心的事

雪仙子

你为什么要降落呀?
坐的谁的船?
穿的谁的衣?

为了迎接你
我冷落了家里的一条鱼
所以我要轻轻的告诉你
希望你只来三天

不然妈妈就会忧愁
然后你要去非洲旅行
那里有比我还小的小朋友

她们在太阳下
做着你的梦
我希望她们梦想成真

足球开口说话

让世界不要喊叫
让号角不要吹响
让夏天不要陶醉
让围观不要沸腾

太阳已经很大了
地球已经很火了

这不是件容易的事
让那个
比我高一点的孩子
看到我的功夫
让那个
比我安静一点的孩子
听到我的劳苦

还有一件事
是汗水的事
是泪水的事

我抬头观看
告诉那些
没有把我送进框里的
大人们
旧事都在褪去
奇迹就在眼前

这是我的秘密
你们听到了吗?

春天是一个孩子

当梅花染绿竹叶
当鸡犬推开炊烟
我还是一个无助的孩子
在东边的一座霜桥上
祈求二月不要在
门后躲藏

我要采撷月亮的影子
我要飞动星光的秋水

地球是沉默的
宇宙是休止的

春天
我看见你偷笑的样子
我们怀躺着时空
在各自的星球上
说着自己的语言
我不准翻译

我只要你的笑声
在时间的空隙里
涂满天地起初的色彩

光和暗分开
昼和夜分明

春天
谁让雀鸟飞在你的身边
谁让青草守在你的庭前
谁让我
一个孤独的孩子
看到

就这样成了
有早上
有晚上
有我的声音
有你的门窗

如此你就知道我爱你

比大雪更纯净的一天来了
啊看你的眼睛
晨光正跟你一起
微笑的是出生时的乳牙
刚被小手舔过

我看你清理衣服书籍
一箱子两箱子
又忘了带牙刷
啊看你的牙齿
已经换成全新的了
比阳光下的雪更明亮

比海浪更大的风今天也来了
在木头电线杆上摇荡
啊亲爱的你真勇敢
它唯独不能摇动你的牙齿
我奉上帝的名祝福你
你真是个好孩子

如此你就知道
我爱你

太阳从早上出来

我初次听见太阳好大
它激动的声音
说，你上到这儿来
我要显示你
今天必成的事

太阳从早上出来
绕到天这边
它的光辉隐藏不住
它的热气无物不得
它在我的身旁纯粹

这宇宙的光
戴着最强的热度
带着花开的美丽和香气
在一起游戏
多少年来，第一次

毕业生们，此刻
我看到未来如日中天
孩子们，此时
我看到你满了阳光
所有的祝福都在升起
所有的阳光都在快乐

祝福你
纯真的少年
从今到永远

开学颂

请让我攀登
这成长的希望
请让我歌颂
文字、数字和知识
啊，年轻的哈利波特
请向我的书籍致敬

请让我祝福
你用孩子的眼睛
看到
我多么想努力
像孩子一样努力
请让我在阳光下
看海的快乐
看船长启航

啊，你的快乐
是多么重要
看那古老的灯塔
经久不衰
正和我一起
访问这激动的船长

那些不断打开的笑

我要问你
纯粹的少年
为何对语言班拒绝
对天才班抗议
对小学校 Ok

老师已经问了
安静都去哪儿了
你对寂静的教室
一次次发出幽默的箭
那些不断打开的笑

它们将要问
你们可记得
我把阳光种在教室里
晒伤了忧郁的园丁
他学习成为笑声

哦，用你的手敲打桌子
让它用夏天的风歌唱
用没有意义的音节
唱没有意义的美好
让你不明白怎么一回事

仿佛我的爱无人能比

我的祝福淋到你身上
仿佛你什么都有
仿佛我的爱无人能比
容我记得你的坚强
如同繁星
在空旷的海边在风中燃烧

我的祝福建在你身边
仿佛你拥有了宇宙的力量
仿佛爱从天而降
容我记得你的追求
如同涛声将船只紧握在手中
敲击着夜空

容我将美丽和善良和你一起
祝福
记得你带我去平安夜的海边
如同初次看到清澈明亮
我大声问繁星
为什么这么亲这么近

原来你爱这片起始的天空
像野生的风
新鲜朝气和活泼
磨光的空气
在得胜的早晨和宇宙的光
和你那么亲那么近

原来你是被爱的
我甚至相信你拥有了光华
像宝石戴在项颈
我在这里爱你
仿佛你什么都有
仿佛我的爱无人能比

毕业颂

一排排闪烁的灯光
在音乐的节奏下安静地
睁着细小的眼睛
我知道它们属于这个夜晚
庆典的葡萄酒
浑圆的天幕赐给你
毕业生们
灌满的快乐都给你
一个个辛苦陪伴的历史
为了牛奶
也为了蜂蜜
洛杉矶，天使赐给你
改变世界的勇气献给你
一滴水打在头顶
仿佛是闪亮的祝福
降临在书本上

愿你倾心所爱的
愿明朗微笑的
像绿色的种子布满天空
愿你的脚步声
让雨露出它奔跑的勇气
让风启动它运动的肌肉
年轻人
你们一起勤劳的芳香
让地球产生我们的爱
让光芒舒展它和平健康的黎明

可记得豆蔻梢头二月初

你需要一双可以呼吸的眼眸
我要在那里埋下过往与深邃
只留涟漪给你
让清澈在中途浮出
那是你爱的全部意义

追过我的娉娉袅袅
逐过我的婀娜飘渺
可记得豆蔻梢头二月初
我们穿着沉重的衣服用假声
唱着一首成熟的歌

年岁衔接光滑而流畅
是这个世界太乏味
还是立志行事由不得你
谁在用嘶哑
在重金属摇滚乐里叫喊
发泄此生无奈

当我老了不能动了
你还能看得到
桑榆树梢上摇曳着的
我活泼好奇的心吗?

哈利路亚

看见光在最高处闪耀
白天诞生了
天空诞生了
海洋充满了
鸟儿在飞
孩子们出生了
祝福他们
让他们充满幸福
哈利路亚

看那在春天里送雨的
看植物生长无处不在
听声音越过众水
水覆盖大海
奇妙已呈现
我的灵魂啊!
让我歌唱
希望已来到
哈利路亚

6

像孩子一样哭泣，像小鸟一样发怒

（2020 年 10 月）

让今天开始疗伤

是不是应该忘记
是不是应该告诉
这些鸟，这些树，这些叶
我可有足够勇气
把你美丽金发
抛给黑夜，墙壁或镜子

有声音走来
充满了房间
是镜子张开了口
用温柔对我说话

哦，亲爱的，这是真的
是时候让自己站在镜子前
与镜子相恋
是时候开始疗伤了
脱去外套和伪装吧

走过的路径在镜中发出光芒
很快我就爱上了你
爱上了我自己
这就是我所有的今日

像飞鸟一样活着

今天我终于知道
我所拥有的要从一片羽毛开始
就像被窃窃私语
在我耳边
被感动
在我眼里
我用羽毛说话完全不受约束

作为一个愤怒者
站在人行道终点的外面
恐惧岁月蹉跎
我是什么
没有人知道我的感受
出去吧走出去
我还能有希望吗
我能拥抱纯粹的美好吗

你要告诉我
既然我这个可怜的情郎让你感动
我出生孤独名字孤独
为什么花会变色
花开花落
从来没有留下深刻的印象

你可以证明
你孤独的飞翔可以改变天空
在上面展示的坚强
让我感受至深
亲爱的飞鸟
你能给我一个吻吗?
给我一个梦吗?
用你的羽毛

没有一片金黄可以留下

微风轻轻摇曳
绿色、棕色、红色和金色
　　我吓着你们了吗?
　　风吹的叶子
　　为什么要褪色你们的脸
　　如此真诚

地面好饿吗?
　　你承诺养活他
　　会考虑给他喝点什么吗?
　　为什么枯干你的身体
　　如此渴望

黄金时间和黄金奇迹
　　这是我可以忍受的甜蜜
　　金色的空气似乎太多了
　　不能冷静的色调
　　就一晚上
　　没有一片金黄可以留下

一个孩子的树叶歌

多么美好的一天
可以出去玩
金色的叶子金色的惊讶

刚看到一个小女孩
我从不希望看到一个哭泣的人
我的眼睛注意到她张开嘴

她告诉妈妈
她刷了两分钟的牙
但她只刷了一会儿
因为叶子在外面摇曳

但是我可以告诉你
无论如何

我宁愿看到金色的牙齿
也不愿看到白色的牙齿

多么美好的一天
可以出去看看
一个小女孩被金色的叶子和金色的虫子迷上了
我也要把金色带回家

你会被我的诗意震惊

妈妈，我真的很需要
一支铅笔和一张纸
　　我会认真写诗吗？
　　肯定，树叶正在说话呀
　　我需要头盔或护膝吗？
　　不，难道树叶也要穿防护服吗？

妈妈，我向你保证
我会让你惊讶

　　你会笑得倒在地上
　　就像树叶落在路上
　　虽然我还没有呼叫他们

你难道不想知道叶子多么神奇吗？可以刚好降落在我的鼻子上，如此优雅

　　我的诗不好吗？
　　我可以伤心地发誓
　　如果你一直看着树叶

　　一定会被我的诗意震惊

让世界误解我吧

树叶躺在地上
这就是秋天
空气在寒意中
这一切都会被收走

你曾在高高的树上
风把你一路甩开
雨把你全部卷走
这个世界似乎一点也不关心你

因你爱这个世界
你给了
你最优雅的沉默

你愿意
做我亲爱的天使吗？
你愿意做我的爱人吗？
你愿意
在寒冷的冬天嫁给我吗？
世界会不会误解我们

我把彩虹放上云端

有一个小镇
名叫美丽的雨哥华
它穿着破旧的衣裳
那里有一棵小树
也披着残缺的衬衫

有一个小姑娘
爱上了秋天
她有光滑的头发甜美的气味
但她怕淋浴

她温柔地祈祷下雨时
有人会挥手大喊喝斥
雨水离开树
继续前行我亲爱的叶子
雨打后再把衣裳穿上

雨是地球上危险的物种
正像一个古老英语发音玩笑
七可以吃掉九

诺亚是一个农夫
在树旁栽了一个葡萄园
他喝了园中的葡萄酒就醉了
赤身露体躺在彩虹之上
谁会记得约定?
在水变成洪水摧毁生命之后

把你放在我心上如印记

你已在我的眼睛里
我的小树
你的色彩已长成
烦恼和苦难已来临
寒冷的冬天落在你身上

你的美丽躺在我的葡萄园里
我向你承诺
一切都会带来果实
你是为了和平与爱

但当我们说话时
世界就会起来反对
嫉妒如魔鬼之残忍
我已感谢了风雨

你的献身如烈火燃烧
大水不能熄灭
众河也无法掩没
你和祝福都住在我的花园里
愿你听到我的声音
快来，我亲爱的
像小鹿一样

告诉她我因思爱成病

落叶很长

如此深情的朗诵诗

让我提醒雪花

不应该这么早到树上

我会让你看到

你如何进入我的心

让我们今晚再呆久一点

我亲爱的，不关心忧伤

愿你听到我低语

床塌上的碧绿

还有你的喜乐将不褪色

梦中的玫瑰啊

在阳光下看着我

请用你的喜悦

回复我的宣言：

今晚你是我的新娘，今天

我找到了真爱

你鼻子的气味香如苹果

快醒，我亲爱的，我的叶子
我的美丽，看呀
我站在树后面对你说
没有谁可以伤害你

冬天佩剑
一整夜我都寻找我所亲爱的
为了打败黑暗和苦难
你要相信光明就在前面

快来，我亲爱的，我的新娘
我的美丽，看呀
你偷了我的心
像羽毛一样飞走了
我穿过山谷走过草地和岩石
但找不到你

你要对我躲藏多久?
我的宝贝,我的美丽
你的树正结出果实
它的香味像苹果一样甜蜜

你鼻子的气味恰如苹果
世上的人啊,如果您发现我的真爱
    请告诉她
    没有人会再伤害她

你心爱的去哪儿了

你已调转色彩不看我
你的美丽让我惊乱
我的完美，我的奇特
谁见过我内心深爱的人吗?
难道是秋天红色的错觉
我的心沉浸在离去里

城里有一个最富有的女人
她的家里满是金银
她的财富没有止境
她名噪一时

我的爱是世上最贫穷的女人
她每天容光焕发
她的头像最纯净的金子
她的头发卷曲着红色
她的眼睛像沙滩边的蓝色
她让我明白了人生

你见过我内心深爱的人吗?
我的完美，我的奇特
她会让我再次欢喜
我的心满足，我的舌头快乐
痛苦过的人将不会再沮丧
不会再忧伤

如果我爱你

坐在桌子前
你的笑脸在我手中
哦，你要去哪里
哪里有金色的年华？

你好奇的眼神就像一首诗
我从未想过自己是诗人
你的诗意让我惊讶
让我感受飞翔， 向着奇美的蓝色
我进入孤独
享受爱情、失落和痛苦

我曾哭泣求助
但无人可以拯救我-向世界求助
没有人回应
孤独可以去哪里？
哪里可以释放自由和忧伤？

我爱你，一见钟情地爱你
我寄给了你一万封情书
你回馈我最纯净的栖息
生活在往前
它需要感受自己的羽翼

我听见枫叶有话对我说

你在我眼里的吻
树上的跳动
全身的颜色
脸上的力量
都让我感恩

我可不可以对你敞开心怀?
对你说我是如此爱你?
让我们像一个盲人
跑去烈日海滩

我可不可以让你知道我很忧伤?
你消失在我的视线中
也许隐形在我眼里

我在努力寻找一种鸟
它叫威士忌杰克、加拿大杰克或者鸣鸟
如果有人看到他们去威士拿、温哥华岛、或落基山脉
请让他们歌唱
歌唱我对你的爱

我会让你知道
直到地老天荒
无论如何你都不会孤单
直到我成就了对你的爱

我会时刻怀揣你的心

我感到羞愧
在地面泥泞和脏乱之前
没有给你雨衣，毛衣或围巾
颜色被随意到处丢弃
就像高贵和优雅被挤在人行道上
美丽将要耗尽
生活似乎充满无奈只能妥协

我感到揪心
尽管你像鸽子一样纯洁
却像绵羊一样被赶入狼群
面临危险

你是我爱的见证
你在这里受到虐待
就飞往另一个地方
我在黑暗中爱你
你在光明处说出来行出来

亲爱的，我愿意是你的守护
那些败坏你身体的
绝不能摧毁你的心灵
不论你去哪里
我会时刻怀揣你的心

一切都会好起来

如果我不在洛杉矶家里
与我的猫，他叫老虎
还有他的女儿琪琪一起时
那是我正在房子周围旅行
与我的葡萄园、蜜蜂还有他们的朋友一群羊在一起

我老了，金色的叶子也老了
当我们一起喝浓咖啡时
我们各自坐在一张两米长桌子的两个末端
如果奥巴马医改无效
如果特朗普拒绝接受竞选失败
如果一颗流星没有照亮黑暗
你要坚强要保护好自己
我听见树叶对我说

我喜欢我的生活
早晨，我与猫一起度过
下午，我在愉悦和温暖中与你坐下
直到迎来第二天晨曦

我总是想和你说话
我们享有一个安全的空间
在这里笑，哭和拥抱
面罩也许无助于保护我自己
但是你让我在疫情中
感觉还活着

今晚，我正在美好的时空里
燃烧一堆噼啪作响的烈火
向上凝视着星光
为了让你看到
我心永恒

爱之深痛

失去的不仅是奇特的火花
不仅是金色的温暖
阳光下的热烈
亲爱的，我的美丽
我让你放弃一切
离开我

留下我一片空白
独自一人站在老树里
投靠在它倒向墙上的阴影里
沉默无语
我用你的话写的诗
已在你唇上褪了色
去了风，去了河，去了海

我不要责备
你的话语不想抵达
亲爱的，我爱你
我的手臂足够长
但触不到你
我的耳朵足够亮
但听不见你
只有清风让我感受孤独
寒冷从今天启程
爱之殇

为什么从前的日子胜过现在呢?

透过忧伤的缝隙
隔窗俯视这颗树
手臂上没有太多叶子了
雨在上面，雪也要来了
我伤痛的样子
也许可以安慰你的心

你却这样问我
为什么过去的日子比现在更好呢?
为什么要把人所說的一切話
都放在心上呢?
当我没有信心时
你对着我微笑
脸上发出亮光

我在你眼中得到了喜悦
领受了你的话
让我们往前行吧
我陪着你
去一个地方
建一个房间在楼上
取名为喜悦

最好的就在前方

我说我在这里
我整天向你伸出手
寻找你，追问你，靠近你
你站在我面前
我呼唤你但没有回应
我昼夜难眠

听不到以前的笑声
也没有涌上心头
日光之下月亮之下有什么
我知道的是
我内在的力量比什么都重要

我正在变老吗？
你看，你知道，但不理解
人在地上的劳累
至于你，任何时候
可以成为最好的自己

如果我知道
我和你有什么区别？
是当你笑的时候
我会在高兴中欢喜歌唱
感觉最好的就在明天

你会像小孩子一样走过来

树在天空下生长
各色各样悦人眼目
却让我忧伤
季节长大和离去
从不问我是否同意
也不要我含泪说再见

树叶满面泪流留下倾诉
在雨中，在风中
在深夜
他们把希望放在地上
但地面也忍不住哭了

亲爱的，我来你走
如果没有你，我不会拥有茂盛
什么是没有落叶的秋天
什么是没有笑声的天空

我活着是因心中有你
你让我像一个孩子
什么时候你也可以
像孩子一样朝我走来

7

活出生命的意义

（2020 年 9 月）

我们也渴望前行

像我这样一个
拔猪草长大的孩子
不知道是猪教育了我
还是我改变了猪
它说我的一首诗
抵不过它的一口粮
我想它说了真话

每天，一个瘦小的女孩
她没有红头绳扎的辫子
没有塑膠料做的鞋子
她的长发是飘逸的自由的
她的脚趾是单纯的干净的
不知道是她迎着晨曦
还是晨曦迎着她

有好多树从她身边走过
好多叶子从她身边飞过
不知道是树叶要爱她
还是她不懂得爱情

她背着小背篓
背着带着河泥的青草
不知道是大自然带给她快乐
还是她顶着一箩筐美丽
她无言的脸上是红彤彤的
绿草的清晨沁人心扉
她把最质朴的食物
给了猪

她也把每天拔的青草化成诗
读给猪听
猪今天说真话了
小女孩感受到了拒绝和蔑视
但她决定继续去爱猪
继续去拔猪草

并且她也邀请我一起
去拥抱这种爱
也许我会困惑、矛盾和不安
但我们更渴望前行

活出生命的意义

今年的意义
在于积累距离
今年的忧患
在于幼稚的事：
我把秋叶
放到眼里、夜里、鸟巢里，
    在树下等你
    我的幸福都在这里

来的都是没有阳光的树
都像个病人
人怎么可能会爱
像我这样的人
就像我击破了夜空
    星星也只掉进水里
    而我的失望
    让我看着，看了一整天

我无法证明蚂蚁
它会关心我的烦恼
我决定把我的抗争高挂
让每一颗树都能看到
让那些不会哭的人
也可以哭泣
　　　让我听着，听一整天
　　　像一个母亲

我没有读者，一个也没有

我看见个个都是诗人
却都不写诗
一首也不写
就像他们在珍惜生命
按自己的方式在追求幸福
那么沉默吧
就像我没有读者
一个也没有
　　会在黑暗中读到
　　我为你捡来了每一颗星

啊，你不懂我的星星
但我还是要去宇宙
去认识那些真正的诗句
去碰撞那些炽热的爱情
让我的爱被太阳晒伤
　　地上的叶子
　　你不要忧愁
你的软弱成就了大地
我的思想隐藏在泥土里
只有你暴露了人性的光芒

我看见黄昏经过沙滩

哦 生活，
以你的语言
我今天是应该继续吃
还是应该把肉体
先清理干净
再跟落叶学习一会儿
再跟飞鸟盘桓一会儿
再跟未来呆坐一会儿
然后约你在一棵树下
如果你不介意
我想爱你

Flowers Kiss the Sun

花吻太阳

哦 生活
以你的智慧
我今天是应该先看到
眼睛上的刺
身体里的石头
还是应该叫啄木鸟
先吃掉心里的虫子
再跟美德寒暄一下
跟粮食感谢一下
再跟爱的人手拉一下
然后悄悄说我爱你

哦 生活
现在我们相会了
我看见了蓝天
看见了大海

听见了冬天的风春天的叶
看见黄昏经过沙滩
看见背影
有它就足够了

等待一列火车带我去远方

今天只想
关心一下大自然
用半瓣肺叶呼吸
只有心是幸运的
所有的心房都还在
并朝各个方向蔓延颤抖

我在等什么
等到了晚霞
它像爱情充满了幻想
余辉在我的脸颊轻吻
风想来就来
看不清它离去的边界
大地很空小径很忙
所有的人都朝一个方向漂移

生命无处不在
而恐慌在距离之外
陌生人的微笑会突如其来
比任何时候都珍贵
地上堆积着树叶和树皮
一个秋天长成的爱
在大地温暖地
不能自拔

然而风又来了
比春天更兴奋
比海啸更暴力
它一直往西刮
只在东边打个盹

我的孤独在嘴里生长
耳朵只想掩盖
眼睛在等待什么
等待一列火车
带我去远方

8

生原本是一件多么寂寞的事

（2020 年 7 月）

爱我的人如日头出现

一朵花偷偷告诉我
你要乘坐枫叶来看我
我靠在玫瑰的头上
记住了这句话

我告诉那朵花
苦难落地球
忧愁靠在我的心上
我不能忘记黑夜

一朵花偷偷告诉我
你的旅行感动了月光
照亮了寻找我的枫叶
于是我的瞳仁里有了你

我悄悄告诉玫瑰
你带着爱我的使命来拯救我
启示我也可以像花一样美丽
我记住了这句话

赞美发自内心你看见了吗?
地上花开的声音你听见了吗?
爱我的人如日头出现
光辉烈烈你惊讶了吗?

我要使你笑口常开

为了证明我爱你
我必须送你一个惊喜
忧伤把夜晚推给了我
我要用笨拙讴歌

为了证明我爱你
我必须让你看到最滚烫的窗口
在被缠住了手脚的夏夜
希望你准备好了
　　大海的波浪
　　阳光的火辣
　　小伞的沙滩
正在我的笑声中满足你的心愿

为了证明我爱你
我必须让你注视
我在你的目光中呼唤你
希望你准备好了
　　　忠诚的泪珠
　　　欢喜的色彩
　　　生命和复活一样奇妙
我们筑起的屋子布满星星

为了证明我爱你
我要和你一起眨眼睛
忧伤把夜晚借给了我
我的诗歌贴在光明处
你要读懂我的诗
和葡萄酿成的酒一起沉醉

我要使你欢声不断

如果我是你母亲
我要带你去爬山
你会发现泉水没有锁链
只有我和你
扔掉那些与生俱来的小刺
你的芳香落在石头上
藤蔓缠绕着我的嗅觉
四围多么干净
只剩下石头和你
时间多么安静
只剩下好奇和沉默
跟我一起迷惘吧
情绪在细微处冲击
你要像一个婴儿
在我怀里哭闹
吵醒这个不配你歌唱的世界

如果我是你爱人
我要带你去湖边
你会发现树很高叶很茂
只有我和你
画出那满湖的颜色
你的语言落在荷花上
水草高过我的视线
四周多么神秘
只剩下你和笑声
灵魂多么天真
只剩下纯粹和诗意

跟我一起踏歌吧
含蓄在边缘处喷发
你要像一个盲人
在我的心里行走
隔离这个不配你理解的世界

我们的喜悦挂在额头上

总要经历诸多试炼
路过诸多障碍
才能证明我爱你
我的礼物总是包装得很粗陋
就如你的幼稚落在沟痕里
在你的额头上开花
我的人生只为你留白
挥霍惊喜

我景仰波浪想象平静
你赤着脚在海边
沙粒比阳光更火辣
微风和你在伞下躺着
孤独脱下外衣
如初生的婴儿与母亲相依
我们的喜悦挂在额头上
所有路过的人都知道

但你我终究厌倦绮丽笙箫

今夜以素描开头
快速勾勒出两个人
以最大限度
传递情节信息
没有主线不需要清晰
没有重点只需要淡墨
你我都是旁白者
只说给自己听
你我都是相似者
在卷入的波浪中
第一次相认
一切都无法慢慢道出
在求生的欲望面前
曾经的微不足道麻木不仁
都被抛在一波三折中
人性需要所有的美好
而你我只需要彼此

今夜与伤痛无关
在时光中穿梭
情节需要的是闲人
而我们是曾经误入的游客
散落在苇絮丛中
忽而消失无踪
忽而不期而遇
但你我终究厌倦绮丽笙箫
在花间醒来的桃源
你是深溪菊水者
隐居妙极若我未能赴之
皆因天地已大变
渺小如我
徒有遗恨早生华发

我怎知人生无奈

若不是绿叶轻拍风凉
我的裙纱还会自作多情
若不是夜晚被雨淋
我还不知自己只是个婴儿
若不是在焦虑中劳碌
我怎知人生无奈

哎，我们离地面太近了
此生离不开墙垣与树枝
已被建造成人的彼此
对翅膀的想象是徒然
对飞鸟的向往是枉然
在看不见的事物里我们活着

若不是你在反复低语
像勇士一样让我领悟
这个世界还会含糊不清到多久
我只会说
嘿，一片混乱
眼见的事物多么靠不住

你的画面单纯泼墨酣畅
但渔翁不能怀抱木桨
我也无法蜷伏在船头酣睡
不安全和脆弱在虎视眈眈
我们将如何保持警醒
现在我们又将如何走下去

大水卷走泥沙地面幽暗
天上有太阳
我们向前我们不知道
脚下的磐石啊，你不能被带走
爱情啊，你不能被淹没

生原本是一件多么寂寞的事

顺着脸上的光芒
你会看到早晨就在我的窗前
这是我与诗歌最相似的时刻
只有你高兴我笨拙的语言
出自一块永不说话的石头
未曾加工过的晨曦
不曾成熟过的青涩
在懵懂里无知
我的眼眸似乎忧愁
唯独向带着伤痕的人
用歌声把夜间唤醒

仰起脸来
请听我的诗句
请用惊喜问我
你能肯定
没受世间浮华的诱惑吗

你的声音让我陶然心醉
你也要像一个诗人
产生冲动的感觉
在青春里绽放自己
而我的诗行
会在大自然中涌动
一道明晰的闪光
会落在孤独丛间
世人难解宇宙奥秘
而你已遇见了人类的一种可能

爱人

大地在我们眼前歌唱
顺着一块面包的香味
我要用新鲜的油墨和纸的柔情
如醉如痴疾书
给余生题跋
给散发的芬芳取各种名字
晨光是热情的击鼓手
喜悦在你的生命里脱颖而出
我扑向书桌
你要口授我无法藏匿的
燃烧一切苦难的诗句
这是灵魂最真的时刻

9

谁能藐视这样的日子呢?

(2020 年春天)

我巴不得我们都像小孩子

强而诱惑的妩媚
时刻在刺激我
它仿佛是一串结着愁怨的丁香
掀起自己的花期
无畏地初恋优雅地缠绵
毫不避讳敞开心扉

　　　哦，五月的天空
　　　请你不要再看我一眼
我不能在阳光下爱你
世界染了病我也受了伤
谁揉碎了油纸伞
建起了空雨巷

忏悔在室内碰壁
自由交给了讨厌的小松鼠
它今天隔着玻璃窗来问候了我
它温柔怜悯的目光惊讶了我
哦，它像小天使一样安慰了我
　　　还说我的花园藏着欢乐

快乐是这些绿叶和花瓣的
快乐是这些小鸟歌唱的
我巴不得我像一个小孩子
围着它们转圈子
心爱的，原来欢喜是一种药
每天醒来我想歌颂这奇妙

谁能藐视这样的日子呢?

我不善于写下忧伤
也不善于美化恐惧

春天用尽了所有的笛声
花蕾用光了所有的羞涩
暗紫的粉绿的桃红的
在裸露的枝椏上沐浴
在空旷的街巷上示爱
当距离被列入了第三者
当口罩横刀立马
花儿也染上了心痛病
效颦已是窗外的奢侈

我不善于写下破碎
也不善于抑制哀伤

人类用尽了所有的汤药
小草用光了所有的能力
驱寒的爱情的迷幻的
绿色被无辜染上了毒物

露珠的出现也是徒然
晨光不再履行叫醒服务
黑夜正吞噬着日出

我不善于写下圆满
也不善于呈现希望

地球用尽了所有的恐怖
一战二战冷战到暖战
从学会卧倒掩护
到被四面潜伏的病毒吓醒
哭泣的不止是春雨
主啊只要地球上还有一个人
在痛悔中持续不断地哭求
求你倾听求你拯救

啊我怎能不在尘土和炉灰中懊悔

雨趴在海面写诗
波涛匍匐
灵魂收拾着潜伏的力气
举过毒蛇的人子
开始逃出海面

风立在湖面
仲夏夜的巫婆
摆弄着她的心计
被咬过的苹果
在眼前跌倒

天鹅在风雨中饥渴
滑过的芭蕾舞鞋
在染上病毒的刀尖口上
像企鹅一样颤栗
北极光你何时焚野燎原

啊当存战兢而快乐
人类都在自己的家门口流浪
我看见高大的瘟疫也在流浪
啊我怎能不厌恶自己
不在尘土和炉灰中懊悔
神啊求你医治复兴这地

愿明天地上就充满了欢呼

病戴着电眼
毒率领着军队
地球何处躲藏
天地又遇恐怖峰会

像水充满了海洋
像风倾泻在琴弦上
像四面旋转的眼睛
像宇宙在拍打狂唱
像摔碎的魔鬼无所遁形

号角和狼烟一样可怕
午夜在十字路口灌酒
繁华在昨夜停留
人类退居卧室
口罩自立英雄好汉

梁山伯与祝英台
罗密欧与朱丽叶
东方和西方冬天和春天
首相和夫人皇室和贵人
都被选上
见证桑田变沧海

财富拄着它的拐杖
带着搏斗的伤痕
差遣各方利益刺激针灸
按摩疼痛调理哀肠

勇士们都穿上了防虫服
颤抖之人
手持一片绿色的橄榄叶
哆嗦着拴住呐喊的门窗

门外的春天打湿着我的眼眸
一起含苞怒放的是我的祈求
我在地上唯一能做的
愿明天地上就充满了欢呼

我的花请爱上我

我的花
薰衣草、芦苇草、红莓黑加仑
　　　你要爱上我
　　　我的天
轻的淡的，红黄火烧云
你要跟随我

我的心
正追随着光辉
带领我们出远门
在日出之地日落之处
我要祈求一朵花
请它做主人

我的主人
请陪伴我们所有遭遇
凡脚踏之地，赐予能力
让我们一面流泪一面赞美
给病毒一个新的名字
不再彼此为仇

我的花
我爱上了你
我要在你的面前开花结果

我正在思考说“我爱你”

从现在起
我决定安静下来思考你
就像思考人生
从现在起

　　嘴角向上轻扬
　　眼眉向上飞翔
新生儿笑了孩子们乐了
还有你追逐着说我爱你

从现在起
我决定安静下来看着你
就像看着一朵花
我给你一个秘密的名字
亲爱的 就是我爱你

你也要看 要天真看着我
我们都被迫进了战场
地球该挨骂
人类排雷又排毒
但你一想到我就要有力量

从现在起
我决定安静下来思考爱
思考说我爱你的诸多表达方式
就像思考苦难
思考怎样给你洗脚

黑夜在我的心上起伏

平凡如我
有一颗剧烈跳动的心
睡眠也不想沉默
在熙熙攘攘的太空上行走
在心还忙碌时
晨曦就进了我的窗

烦恼白天夺去了我的黑
后悔如我
没有选择仰望星空
在一波又一波的呼唤中
辜负了忧伤
辜负了为我勾勒的太阳

我的心哪
为何要在我里面烦躁
在看不到飞鸟的街巷
孤独是白日的忧伤
心跳失去了平安
人类的笑脸在一片虚无之上

黑夜在我的心上起伏
平常如我
不像别人在夜晚安睡
在一波又一波的呼唤中
我爱上了忧伤爱上了黑夜学会了
不辜负你脸上的光在暗中
填满我的心

10

这是你不会迷路的幸福

（2020 年 12、11、8 月）

Cathy Xinman 心漫

太阳只有一个，让别人去暴晒吧

我一直没有理想
没有路线
也不值得人记得
不管是处于善意或恶意
我都习惯隐身
不管是一个人还是两个人
我都不希望穿过人群
整个秋季只跟叶子说话
只想私下说
说不下去时
我会说神啊你来说
思想有时会冲到宇宙
但也不想随便开窗
因为天性惧怕
新鲜的带有诱惑力的东西
我是自己的女王
只会对着自己说
并陶醉于收集话语
它们像自己在密室生下的孩子
都是独生都是奇迹
我不希望任何人看到
这些私密
就像我的血脉
只有我的女王有能力穿行

我的女王甚至拒绝观众
有一天有人说
你会像露易丝·格丽克那样

拿到最大的光芒
哈哈，这是最真挚的安慰剂
我珍惜这种声音
它里面的善良和信念
让我惊讶
对于一个
没有走出过密室的女王来说
她会选择接受一些
穿过黑暗靠奇遇才有的光茫
如果再多一点
有些火辣
她会选择眯眼
因为太阳只有一个
还是让别人去暴晒吧
女王也只有一个
还是让别人去忘记吧
哈哈，这是个真趣味的谎言
伟人很多
或被纪念或被忘记
而我只有我的女王
我们爱彼此超过爱自己

她发誓要过奢侈的生活

做女王是孤独的
做自己的女王是寂静的
做一个有想象力的女王
是幸福的
她没有城堡
但她发誓要过奢侈的生活
她虚构领土
并描述脆弱与绝望
歌颂爱情和面包
多亏了谎言
让她识别
原来贪婪是万恶之根
她小心地略显忧郁地
凝视另一种存在

她开始虚构精神领域
并发誓要过不吃面包的生活
并虚构艺术正在呼唤自己
但拒绝内心造假
她必须让每一次对话
每一次感动
都来穿透甚至刺伤内心
并失去对面包的欲望
失去生存的能力
只剩下文字
哪怕只剩下痛苦
她都无法抵御这种属于自己
又超越人类
属于生命又超越生命的折磨

你哭了，而我心安了

拿什么来惊动你
用咖啡的泪水?
蜜蜂的口水?
辣椒的脾气?

女王，我的女王
你像一片叶子
现在要爱大地
爱谎言爱黑暗
看着你落下
像青蛙落在温水里
水下面有火
我的宝贝
我看到了危险
你看到了什么?

我哭了一整天
你真该挨骂
真要挨打
如果你还感受不到
心安
还感受不到
我比你更痛
更受煎熬

啊 生命
你要听到心碎
看到受伤
不止是无奈
更需要火的燃烧
不止是火
啊 心爱的
你要跟我一起燃烧并再生

因为尘埃也在歌唱

黑夜在海上歌唱
我在地上歌唱
我们都活着
我们都睡得不平静
要唱什么?
用高音唱自己
把门关上
过去已经离去
明天还不现实
来吧，我亲爱的伙伴
我们好好唱现在

歌唱阳光
它属于我
歌唱土地
它属于叶子
歌唱距离
它属于天地
歌唱表面和内心
因为它们都需要温暖
歌唱点点滴滴
因为尘埃也在歌唱
歌唱阳光之普照

哭了那么久，我还不是诗人

走了那么远
哭了那么久
我还不是诗人
站着的快乐
躺着的忧伤
都不够写出摇篮的颜色

我只想默默地看
看婴儿眯着眼笑
看大海挤着脸叫
看秋天闷着头
诞生真正的诗句

我发现人类适合欺骗
适合穿着衣服
写暴晒的皮肤
适合喝白色的酒
写千人一面的英雄

而装满宿醉的街道
不配有任何形式的挑战
而生命神圣
从人性到个性
从人文到天文
每一个时代都在等待真正的诗人

这是你不会迷路的幸福

十二月
我想马上跟你说再见
现在雨纷纷雪纷纷
请你带我去攀登
登上明年十二月

十二月
今年失去太多的细节
而回忆只能证明
柔和的光线
湿润的照片
我们在圣诞树前的拥抱
照亮了整个的屋子
真诚的眼目纷纷来聚焦

大地的雪中有个小屋
它坐在雪中很静
声音很亮
光线从雪下渗过夜空
这是你不会迷路的幸福
它超越了物质的世界

我不想把故事说太多
也不想说我是否是里面的主人公
因为世界充满了喧哗与骚动
文字也沾染了空洞和困惑
我喜欢在自己的声音里
和一个痴人说着梦话

我们的头顶充满了尖叫

今天可以唱唱
不是因为快乐
而是因为新的一天
要献给你
让我们现在就开始吧
神叫天上安静了
他也要听我们歌唱
地也温柔了
太阳也在听

啊，我们站在冬日荒凉的大地上
树枝显现了它的软弱
海鸥正迈着趾高气扬的步伐
让我来信任你，我的伙伴
你要像个海边的孩子
天真地笑
浪漫的手
要撩起粉色的小裙子
奔跑的样子要让海鸥看到

你要像一朵花
歌唱美丽，善良和勇敢
啊，晨星也来了
让我来爱你，我的伙伴
按你自己的方式
抓住我的心
我们要像做一次远游
在码头向人群挥手

我们正朝着大海
在波浪和涛声上歌唱
爱情像风一样迎面扑来
啊，阳光
你正在我们的头顶上尖叫

我希望你的生活满有平安

不，这么说还有点不够
是，我正在为无法表达而苦恼
我让星星点亮夜空
谁在远方爱你
我让大海沸腾
谁永不疲倦
我让火焰在风里
谁毫无妥协

我的视线
无法抵达最小的关切
让我的失望在身边自由吧
脚下的小径在沉思
　　　树枝无视于孤寂
　　　把落叶的声音
　　　在我的心里复制
　　　又粘贴在它苍凉的冷酷里

不说了，不然没完没了
我不能像一个神经质诗人
对故事倾注更多的悲欢
心爱的，我怎样才能
让你的眼睛看到
寂静在风中停留
没有你
我怎么做一个宁静的梦？

温柔是爱的最谦逊的形式

你好像一只小蜜蜂
这样手巧，善良和温情
我看着你
在我的眼里
荡起敬重和疼惜
我想着你
在我的心里
我不得不祈求上帝
让我悄悄地少爱你一点
请他多爱你一点
因为我的能力不够
不够把你变成你自己
不够把我自己变成小天使
日夜守在你梦里

我带你到甜蜜附近

对你，一切都是欺骗
对树，一切都是掠夺
我看见
黑夜也被掏空了
星星也躲着
我看见
　　树叶掠夺了所有的金黄
　　捆绑了爱慕与忠诚
　　然后扬长而去
你坦言你正经历沧桑

嘘，你不要讲述自己
要讲述命运
我们要笑
像老树一样
把皱纹笑出来
杂音从四面八方觊觎
我们哪里都不要去
就在这棵树下低语
　　你要注视我温柔的眼
　　洁白的齿

让我带你到甜蜜附近
你就可以想象
一些天才才会有的迷失
我们就可以
在孩子的脑海里相遇
当我说爱你时
你要忘记
曾历尽沧桑
我已把大海揽入怀中
我已给你波浪的自由

11

有那么多雪在接吻

(2020 年 12 月)

哦，爱情，你这个纵火者

哦，爱情，
你这个自由的独裁者
以永恒的名声
在冬日里纵火
燃烧饥寒交迫的病人
像一个从远古走近的女子
我甚至听到骨头融化的声音
听到一座座山夷为平地

哦，爱情
你这个自由的纵火者
以孤独的名义
像一个从暗处靠近的贼寇
偷盗积薪彻夜举烽
哦，黑夜没有了
心爱的，你要看到被取出的燧火
而我们向往与火焰共存

哦，深深地
孤独，你是多么的幸运
在烈火中与光明一起燃烧
哦，悄悄地
狂喜正怀揣着爱
离开人群
在一处
甜蜜地憩息

这是冬的第一次亲吻

下雪啦
亲爱的，你来啦
打开白昼的那一刻
雪哗哗哗哗
这是冬的第一次亲吻
热浪在胸口被瞬间激起
我要第一时间告诉你
亲爱的，我爱你
你的归来
打破了地上的沉默

你在我的寂静里开花
爱来的太突然
我还没习惯
你从天而降的呼唤
世界这么大
爱情这么小
小到只够填满一颗心
你活泼而纯净
拉我到树下
在裸露的天空下

树梢是颤抖的
你铺天盖地涌来
粉色的羞怯
被你扑捉到双颊
冰凉的泪水
也探出头来观看
啊，神秘的喜悦
在天地之间缀满
爱情，你要让
春天里的绿芽看到

我听见爱在歌唱

我听见歌唱的声音
小小的夜晚
我小小的聪明
看见最高的天空
在歌唱
啊，恬静在你的脸庞
　　　好好睡吧，我的宝贝
　　　木星在土星在
　　　星光在神秘在

你在怀里
小小的怀里
我用小小的嘴唇亲亲你
低低地告诉你
星空那么远
你这么近
好好睡吧，我的宝贝
爱在平安在
梦在光线在

我看见我们在光里
自由在最高处驰骋
幽暗在最低处被照亮
我听见黎明的声音
好好醒吧，我的宝贝
光这么近
看着你看着我
抚摸着你抚摸着我
啊，我爱这生命的热恋

你把春天的花带给了我

突然，突然今天说话了
如蜻蜓点开细纹
又以凄凉向夜深处延伸
梦在凌晨四点扩散
天还很困
开着灯感受熟知的孤寂
感受与黎明的距离
晨曦总是喜欢含在朦胧里
浅浅地
梦在凌晨五点挣扎
光还很暗
睁着眼感受冬天
感受与寒冷的距离
感受冬的眉头鬓上
到处都是鞭打过的痕迹
曾经的温柔
在树皮最丑陋处被撕裂
一个秋天
我们长成了爱情
有了牵挂和痛苦
再见吧，再见

Flowers Kiss the Sun

花吻太阳

敞开的风银色的雾
都在此栖身处吻别
不要回望
那呼吸如雨又在回旋滴下

突然，突然雪花说话了
如爱情突然降临
我相信它是痛苦的
一切一切
像花一样在时刻绽放
扬起的洁白和须臾
无法推开喜悦后
噼啪作响的
离别与忧伤
酒醒和微冷
只在料峭处萧瑟
如秋叶
我无法给予你归去的赞美
你失去了金黄
我失去了你纷纷而来
失去了纷纷耳语
失去了回头看风静

甚至失去了小鸟栖寒枝
哦，我的思念
正在你的额头上漫步
你是谁？是谁？
为什么忽然离去
我忽然看见一种能力
大地，你比谁都近
你是不是正在做春天的事？

雪落了下来 抓住了爱情

告诉我，告诉我
为什么给我惊喜
赐我血液，
在疲倦冰封的心上
发出颤栗的声音
为什么向我显示
在没有伤口的痛上
给我语言
在空洞苍白的冬天
用我的爱，说话

请给我点时间
用醒悟或盲目来沉默
让一朵埋在泥土下的花
在雪中，在我眼前复活
纯粹温暖的吻
正发出哭泣的声音
请让我听到
鲜红的血液
正在打碎这个被隔离的世界
这是生命，生机勃勃的样子

爱情请你进来
看到
雪落了下来
纷纷贴在血红的花瓣上
你是否看清楚了
是雪爱上了花
还是花爱上了雪
它们合而为一，相拥的样子
让土地在我眼前复活了
让爱情在我心里融化了

我愿意你
永远停留在这里
因为我需要你
用坚定，展开深情
用血液，讴歌地久天长
让我冰凉的手指
轻轻地触摸你
哦，雪落了下来
抓住了爱情
像泉水那样流动

有那么多雪在接吻

有那么多夜晚
那么多雪在接吻
那么多天空
那么多风在颤抖
静默的宇宙
只有你在跳动
像无数的心
在夏日的上空倾诉
我不能把你带入海滩
亲爱的，热浪会突袭
你会融化

今夜那么多雪
那么多火热的吻
那么多被点燃的寂静
没有人看见
我把你带到手里嘴里
我落满了你
没有人在意
你一直在融化
你掉进了我心里

亲爱的，我好疼惜
你真会融化

此刻，那么多燃烧
你在这里堆起了火苗
鸟儿们逃走了
你落满了宇宙
又俯身在我的眼里
树枝们不见了
没有人看见
我爱你
我要像一颗种子
咬着你的吻
你不会融化

12

春天，爱你

（2021 年 1、2、3 月）

哦，新年，吃着糖

是啊，我记得
大地，当我遇到你时
你没有那么多秘密
我的脚和鹰的脚
都在这里自由地漫步
　　春天都一模一样
　　我的嘴和幼芽的嘴都半张着
风不用摇动树枝
就会掉下一串串幼稚和喜悦
就像新年吃着糖

是啊，心爱的
你闻到了吗?
甜蜜还在我的嘴里
那么，相信我
　　跟我一起吻这块大地吧
　　吻这片神秘的天空
　　吻太阳的光辉
如同吻极贵的宝石
当你相信我时
你的嘴就会有幸福的味道

那么，让我们用爱来说话吧
这样感觉会更甜蜜一点
我们也可以抬高音量
不是因为风很大
而是要让快乐看见
我用春天的手抱紧了你

就像我们拥有了
天空和海洋
在明亮的水晶上
就像新年吃着糖

春天，爱你

这么想贴近你，前所未有
我是不是与你更近一点
时间就会快一点
我盼望又思虑
春天，我用什么样的眼睛
触动了你
啊，你和我，如此贴近
如此直接
你比谁都近比谁都净
像绿色的宝石在心间漫步
我希望你发出的万丈光芒
只煽动爱情和火焰
只回归青春和活力
只会说我爱你

我应该说什么
我以为你不复存在
就在这个时候
风都带着疼
阳光也无力松散地上的警惕
雨水也没能解救岩石上的模糊
枯枝还在寒冷的空地上
大地充满了饥渴
那么，就燃烧吧燃烧
漫长的冬季啊
你不要拒绝春天的贪婪
不要回避火花的热吻
让一切美好的事物
反复出现反复出现

我们珍藏起无比深情的月光

心爱的
我梦见你在树上
摇着珍珠一样的泪滴
睁着鸢尾花一样的明眸
蓝色的忧郁
淌在赭红的土壤上
我看见一种躁动
在半片幼芽的嘴上
有一簇期许在彷徨
为了相逢
我决定爱上翩跹的蝴蝶
让它在渐长的郁郁葱葱中
毫无克制地倾诉
烈焰般火热
啊，大海一样
没有任何汹涌可以覆盖

心爱的
我看见你在梦中
摇着大海一样的情话
生命的动感与波澜
在赤红的大地上
正破土而出
粗犷的狂野
正在浓郁中傲然盛放
地上似无浪愁
风手持日光照临山水
为了相逢

我决定睁开眼迎接你
那炯炯不寝的目光
正在为我哼更好的歌
用早晨的牛奶苹果的芳香
认真地唱大地的歌

哦，春天，决定把秘密泄露

哦，无聊，无聊
冬天，你与众不同
习惯在寒冷中沉睡
喜欢霸占大地
封锁寂静
把宝贝都藏在地下
躲在沧桑附近
我愿你在吝啬中贫穷
在饥饿中喧嚷
我愿你醒来哭泣
看见大地饥荒
漫漫长夜
我和我的爱
只能在梦中相见

哦，秘密，秘密
我决定把秘密泄露
我的爱，出类拔萃
你的归来具有生命的意义
你这个机智勇敢的小子
让宝贝在空中显现
让花园栽在海面
啊，我的爱春光乍泻
在碧波荡漾的蓝色里
在无边无际的渴望中
迸发出花朵
我看见草木和阳光手拉手
看见大地和天空手拉手
啊，我们终于手拉手

我决定替它出门，做一个行走的人

这个时候
期待的新年开始了
沉重的忧郁置在后面了
仿佛没有更多理由
去相信更多的恐慌
所以
我比道指醒得晚一点
比石油走得稳一点
华尔街是个调皮的孩子
它情不自禁
对春天以身相许
发出绿色的心跳
世界啊,
你被迫选择无社交太久了
或许你就应该为春天尖叫

这个时候
我喜欢开始一种审美
喜欢隔着玻璃窗
与树对视一会
我羡慕它伸开的手臂

Flowers Kiss the Sun 花吻太阳

长满安静的绿苔
我羡慕它睡得比我好
穿得比我少
它似乎对世界不感兴趣
最多，让小雨滴亮晶晶地
替它睁着眯眯眼
最多，让树叶
替它浏览一下四周
我找不到任何资料
记载它对我曾有过爱情

我着迷于它的简单和纯粹
我也找不到任何信息
证明它对风有过拒绝
但我钟情于它的荣辱与沉浮
它也许从没离开过故土
但我决定替它出门
做一个行走的人
这个时候
期待的春天真正开始了
我已决定替春天绽放
在心里在脸上
心爱的
你要和我在一起
相信我，我们很快
就要开始避暑的日子了

哦，自由，天知道

清晨一起来
就滑向了午后
叶子一直呆在风中
露珠憔悴了
它放弃了叶上的矜持
苦涩得有些情绪
远方的雪山一直在延伸诱惑
仿佛灿烂在耳边等待
我试跑了一下
跑不出前门

又做了一个飞翔的动作
让翅膀左右两边摇荡几下
让胸膛朝上并注视着天空
阻力不见了
雨下起来了
风大起来了
我碰到了乌云、白云和蓝色
看到了人们都在汽车里穿行
而我超速拍打翅膀的声音
没有红绿灯看见
没有警察听见
哦 自由
只有天知道
只有地看见

早上，被百灵鸟爱上

如果早上
不是被挂在了树上
被百灵鸟爱上
如果稚拙
不是被挂在了嘴上
被小天使吻上
你就不要醒来
心爱的

如果百灵鸟不来
你就不要看到我
你的早上与众不同
如果没有听到歌唱
你就不要睁开眼
就要在树丛中等待
心爱的

如果财宝
不是被挂在了心上
被百灵鸟歌唱
你就不值得拥有
我心中的宝藏
你就不要醒来
还不如让小偷闯入
许他拥有片刻沦陷

过来，小树，乖

世界变了
像一个失去了爱的孩子
突然沉默了
人类也变了
像一朵盛开的鲜花
忽然只剩下刺了
哦，避开、惊栗
好像一切的变化
都不管痛苦和无奈
　　　徒然，一切的安静

可等着，我不想安静
我的血管没变
体温没变
　　　它们还在持守着喧嚣

哦，可爱的小河
你不需要安静
两边的小树
你为什么这么安静
我都快疯了
来，看我张开嘴傻笑
来，看我熄灭安静和烦恼
管它什么距离和隔离
过来，小树，乖

先把我的笑声挂上

我听见钱币掷地的声音

我听见石头的声音
聪明人的声音
风的声音雨的声音
教导的声音
拯救的声音
我以紧张的心听到
像洪水冲击磐石
我很惊奇
我不能嫉妒石头说话的能力
我只听到了部分的声音
你听，声音来了
到了我的心口
我的愚拙
你怎么可能听到真正的声音
谁在那些嘈杂的事物里
关心钱币掷地的声音
那些浅浅的声音
带有气味的声音
谁知道
谁用气味买通了一切

我听见浅浅的声音
乞讨人的声音
金石的声音
沙土上房子倒塌的声音
缺钱的声音
缺气味的声音
我以不可靠的心听到
好像天空不复存在
我不能嫉妒这些飞翔的气味
我看到为气味举行的盛典
你看，大人们来了
到了小孩子的时间
谁的孩子
你比谁都甜美秀俊
没有谁能认出你
你最好也不要被认出
你的面孔
不属于这些喧闹的事物
让我钻进你怀里
赤裸着像一个初生的婴孩

让我来爱你，让你更美

今天很美
太阳出来的时候
我还没醒
每天，它都在等待
来到我的身边
每天，它都在张望
在我的窗外
让我赶快起身
面对你
让我睁开的眼
充满了你
让我来问候你
嗨 Hi, hello
让我们进入早晨的空气
如水充满了海洋
碧波粼粼在大地上沸腾
让它比生命更长远
让我们的血液跳跃
让它比爱情更明亮
让你更美

Flowers Kiss the Sun 花吻太阳

今天很好
让我和你在一起
守住这珍稀的每一日
让你睁开的眼
照亮我点燃我
让你来爱我吧
简单的早上

在心上
让我们觉得虚空
日光之下
让爱来虚荣
男人和女人
今天很美
太阳出来的时候
让我来问候你
嗨 Hi, hello
让我们成为早晨的样子
太阳很亮它很帅
让我来怀抱你
让你更美

爱情，你牛气冲天

爱情啊，请你进来
跟我一起迎着风
举起杯
让春天在最高处升起
在蜿蜒和起伏之间
在烟光与河流之间
悸动迂回
让风光把我们收集
让你更像一朵花
让我们在血脉里相似 快来
和我一起吻这片天空

爱情啊，请你快过来
让我们一起爬上去
高山啊你不要怕
我和你一起在攀登
让春天向上呐喊
让轻云从指尖掠过
让我指示给你看
风在河上的爱
正沿著山坡逶迤上升
生命即将诞生 快来
和我一起吻这片土地

爱情啊，请你跟过来
跟我一起进入光阴
让我们像流水睁开眼
看岩石下的种子
荆棘中的谷粒
正在噼啪作响如爆竹燃放
在火与瀑布
浪与花之间
生命正在沸腾
火焰正向上攀登 快来
让爱在至高处飞旋

13

你可有过悲伤有过痛苦

（2021 年 4、5 月）

爱 - 绝不

不，绝不
我绝不会给你石头
你的每一天
绝不会缺花朵
不管是富贵是贫贱
我的爱无人能比
它胜过一切
你先安静一下
让心跳动
你要听到它咚咚作响
它撞击的声音
它不止息的声音
你要激动
你胸腔所激动的
你心所跳动的
你呼吸所依赖的
你真荒唐真好笑
不，绝不
我绝不会向你保留
你要得到
这世上最珍贵的东西
你要得到
比别人更多的东西

不，绝不
我绝不会让你徒然
白白来人间走一趟
我不一定是好人
但我爱你
你不需要跟别人去攀比
你要享受
要一无挂虑心安理得
因为我深爱你
不，绝不
我不会让每一个早晨
每一片夕阳错过
你不需要向我要玫瑰
它会在你的胸口
在你的手上嘴上
浪漫的花瓣
会在你的脚前
会跟随你的脚踪
它是地上的珍宝
是爱人，是父亲
是母亲，是儿女
是初生的婴儿
是你的饥渴你的饱足

不，绝不
我绝不会让你缺乏
我虽然不好
但我知道我爱你
用最好来滋养你
张开你的臂膀
你只需要翱翔
我在这里在那里
在天边在眼前
你不会孤单
不，绝不
我绝不会给你怀疑
我虽然渺小
但我充满了向往
你只需勇敢
戴上平安的意念
你要贪恋我所贪恋的
渴慕你所寻求的
生命充满了挣扎
布满了无奈
不，绝不
我绝不会让生命
辜负爱

玫瑰突然降临

早晨突然降临
回到了地上
回到了人间
让我试一试再次相亲
好像从未有过爱情
好像久别重逢
让我们靠紧
在寒冷的早上
让我送你一个希望
嗨 Hi, hello
I love you
让我配得上你
在我看清你的那一刻
你没带什么礼物
树上冒着热气
叶子渗出香气
好像你在为我准备早餐
啊，我饥饿的血液

玫瑰突然降临
回到了早上
开始了歌唱
让我试一试再次亲吻你
好像从未有过疼痛
好像从前很远
好像夜从未见过挣扎
让我们流泪
在寒冷的人间
让大地颤动
嗨 Hi, hello
I love you
让我爱上你
我霜雪的眼睫
我期待的青春
在冒出热气
在溢出香气
啊，我爱这温柔的天地

如果没有爱，我就不算一个人

天使，你一定知道
我什么都不能做
那么多熟睡的屋子
在月光的泉中
在凝结的音中
那么多殊言别语
那么多蕴藉葆存
可哪片可以让你安静
眼中的瞳仁
你可以看到
那倾倒万国的妩媚
在黑暗中翩跹
在飘离中靠近
你若在梦中撒网
也定能让鱼儿缠绵
黑夜在做迷途的事
如果没有爱
天使，你一定知道
我就算不得什么
我什么都不能做
我就不属于人类

Flowers Kiss the Sun 花吻太阳

天使，你一定知道
那么多大海翻起狂浪
那么多波涛谈吐白沫
在争竞中沸腾
在宴乐中碰杯
那么多弯曲与伪装

那么多欺压与亨通
我什么都不知道
诸海可有末日
巴比伦可有来日
心中的肉眼
你可以看到
那任意而行的锣
那夸大空洞的鼓
多像流荡的星
只在墨黑中存留
白昼在做端庄的事
如果没有爱
天使，你一定知道
我就不会有生命
我就不算一个人

我们追求的一场爱

与你一起读春天
读绿色
读你
如同读自己
　　　让冬天失去记忆
　　　让大地刮起梨花
让风觉得冷
而你觉得美
与你一起读时间
读改变
读你
如同读灵魂
让忧伤失去闪烁
让石头沉人海底
水觉得重
而你觉得轻
我们追求的一场爱
让春光轻易走过
看到的玫瑰
在雪花之后
我们的影子在万绿丛中

让阳光读懂
你不会读到我变老
因为时间只从旁经过
你也要认命
和我一起读人生
读青春
读春风启动的旅程
读它失踪的烦恼
你也要认输
与过去的拉锯

当眼镜被搁置
你要看鸭跖草风生叶
不再争辩
天下不下雨
雨变不变蓝
　　空气落在我们的身上
　　你要让它呼吸
在草绿的闪耀处
我们不要错过
它安静的启示
和循循善诱的教导

与你一起读春天
读日出
如同读生命
我们走到哪里
哪里就开花
让忧伤视而不见
让爱欲罢不能
我与春风签下协议
你会爱上每一朵花
如同爱上甜蜜的唇
你会在绿色里读春天
在平安里读风雨

地上的欢乐啊，请用天上的星星来弹奏

和你一起坠入春天
坠入河中
花涨潮
你涨浪
你要教我如何爱
你会给我最好的
每一天
每一刻
你会牵挂我
如同我爱上的春天
让我用十弦的琴拨响你

和你一起进入觉醒
地上的欢乐啊
请用天上的星星来弹奏
请来到我的心门口
用你的馨香治愈我
啊，被你叩响的心
从来没有这样宁静
你盛开了春天
我释放了泪水
让花涨水
水涨浪

让我听你献唱
让我的泪发烫
和你一起手牵手
让自由任意
让歌声平安
　　　我亲爱的人儿
　　　你可有过悲伤有过痛苦
有过艰难有过创伤
有过失控有过大哭
啊，我有福的人儿
请和我一起坠入春天
如同搭救生命

女子美丽色无功

女人啊，女人
让我来弹琴称赞你
求你照亮世界
用你宅心仁厚
怜悯人类
让我一看到你
心里就涌出美辞
舌头就发出歌词
让我的嘴因你平安
愿你的衣裳锦绣满有沉香
愿敌人也羡慕你的威仪和能力
愿你的良善和光华
引领我
你的名字叫什么
母亲、爱人和女儿
让我的赞美说来就来
就像黑夜说醒就醒
就像黎明说起就起
香气飘满了屋子
天下的早餐很多
唯有你的早晨胜过一切

有你的屋子
名字叫美好
温馨经久不衰
爱情像一条河
声音叫玉带
温暖像一座城
孩子叫平安
那里缺少狂风和暴雨
美善的女子啊
让我来依靠你
让我爱你为有福
因你让人间有益无损
子若远游
宿在他乡发出唉哼
你的疼痛也会跨过海洋
让我速速来到你的身边
让你来抚养我
　　　春天让小草挺直了腰
　　　你让我在风中屹立
天下的诱惑很多
唯有你胜过一切

让我在春天，爱你

春天，在南边
睁着太阳的眼睛
影子，在北边
依然很忧伤
爱情参与了一场抵达
不管怎么说
你来了
不管怎么见
我还是想让视线
让风先看见

风起来了
又蜷附于北边篱下
窗展开它光明的身躯
让阳光的拥抱
火辣而热烈
不管你是否期待
我们都无需再忍耐
行人逢尽不逢君
原来我们的初见
定在你吟诵的那一刻

树无法在鸟鸣前
种下忧伤
也许我就应该埋下忧伤
如同埋下一颗种子
让它在黑暗里懵懂
在你到来的那一刻
开花
春天在花前
赤裸着
风依然十分大胆

爱情亲自参与了太阳的抵达
树荫似乎不肯放手
不管怎么样
太阳都出来了
在土壤的根下
在大地的脚下
你笑出了天真
小草笑出了健壮
让我把你交给血液
让我在血脉里，爱你

当春天说话时
你也要说话
原来我们的相逢
定由一朵花促成
生命倦怠
让我们深爱
让春天吟唱你的名字
让一首情诗歌唱
让我在春天，爱你
爱你，在春天里

给你，给你这地上的春天

我要，我要地上的春天
要你焦急的声音
要你奔驰的回音
我要醒着
要你制造的血液
要你布满的爱情
让每一朵花在地上走动
要你扭动的细腰
在我面前颤抖
要你清澈的眼眸
搂抱我的双臂
啊，我多想轻抚多想拥有
这飘过我血脉的清香
哦，让梦有感觉
让时间有安静
我要，我要活着
我要看自己是活的
我们都有属土的形状
在春天里，人是活的

我要，我要风在深深的海底
做无数个梦
我要你醒来的声音
要你翻卷波浪的手臂
我要，我要像一个聪明人
揭示幽暗隐藏的秘密
让爱在风中如鹰击出
让一朵花像一个女人

有快乐的声音
让阵雨靠近
让鹰带上水珠
让水珠在日光中闪烁
啊，我多想歌颂多想赞美
这有雨的生命
这有风的春天
让光落在雨中
我要，我要春天落地的声音
让大地像个仆人
让春天在风里在雨里

14

一只虫有我的忧郁

（2021 年 3、4、5 月）

忧伤的十四行诗

我怎能在春天责备你
如同责备一朵花
它单纯而蓬勃，是群星的美丽
我怎能不爱上这大地的童话

不，你更让我心疼
春风开在草地上，这失真的人间
季节换来换去离了又逢
我怎能不悲叹这不止息的血液

你既不是天使也不是罪人
而我，也只是一颗突然焦虑的小草
它怎能生气残花败絮落纷纷
即使阳光把温暖带到

哦，人怎能不活在世间没有悲伤
不去制造点火焰，让上演的一幕幕不去荒凉

孤独的十四行诗

在春天的呼吸里
要怎样才能前行
　　要怎样才领悟到珍惜
　　是不是要等时间过去才清醒

浅黄的淡绿的就在身边
要怎样表达我并不知道
在这孤独的人间
希望你也在寻找

我宁愿伫立让风来呼唤
你可有同样的灵魂
你可让我把春天编织成皇冠
可许我用冠冕来把你找寻

我的王，要怎样才能听到你的心跳
生命，你不能让我只停留在外表

春天的十四行诗

在春天面前，我仍焦虑不安
你像火，改变了全世界
可黄昏总在眼前，总在靠岸
花与酒的宴会，一个人的忧伤如何得慰藉

神秘的眼神，山坡倾斜的表情
在梳理着光影，投放在一片浅黄上
我总想与自己一起安静
春风多情，但一颗小草已足够疗伤

只有寂静在聆听，空气在喧嚣中
迟早，我们都需要真爱和永恒
　　　我愿意承认我的伤痛
　　　也愿意双膝跪地，寻找我的相逢

啊，就让我受伤吧，只要你嘴唇红润比蜜更甜
只要你心中甘美了无累痕，让我来承受思念

多美的十四行诗

我看到春天一点一点地丰满
我把脱掉的外衣挂在它的手臂上
我对它说，如今我是你的老伴
请用爱浇灌我心里的惆怅

你让海的声音配上我的声音
啊，我安静的声音似乎忧愁
突然在岩石上颤粟凝情
你对我说，我喜悦你一直在等候

你把大地推到我面前
要给我一切美善之物
要我同行，像小鹿一样强健
你用花的香草的绿来引领来扶助

我的舌头在说赞美眼睛在流泪水
我要告诉全世界你有多美

真爱的十四行诗

我要为你造一个春天
两万种兰花你要过来
一亿颗恒星你要过来
一亿个星系你要到眼前

你要像一条河在岸边
涌动着喜乐与云彩
你要成为最富有的一代
款待所有人所有年

让爱穿过诸天达到穹苍
让大地宏伟肥甘轻暖
让所有疲惫身心进入春天的家

让我们不再轻易发怒儿女情长
让所有美物为你存留由你保管
让慷慨非同寻常真爱无价

治愈的十四行诗

我决定将自己带到春天面前
请它为我挂正午的画
我要把微笑种上眼睛看花
让太阳发烫玫瑰吻脸

我要开船到水深之间
我要开通一个热线电话
让烦恼和愤怒都来对话
看，海里有许多鱼自由出现

我要徒步到旷野
看，水地有好多草
天上有好多鸟

看，星星在深夜
安静一切虚空和烦躁
看，日光之下悲哀多可笑

春天，你说你还会再来

你的柔让我着迷
我喜悦你的心
一天天在长大
我多么在乎与你倾心吐意
我多么感谢有你就足够

我坐在春天面前
一面听一面问
像一个智者
像一个卓越交谈者
我喜欢这种亲密和单纯

你给了我惊喜
春天，你说你还会再来
我知道你会厚待我
你真的来了
还带了一只手上的鸟

他的小脚让我着迷

我看到一只鸟
他有赭红的肚子
还有白色的眉线
他走得比我快
步伐比我轻

他在草地上等谁
他啄了点草心
我注视着他
他也偶尔向我瞟一眼

我小心地走近
他毫不犹豫地飞了起来
哦，我失去了那只鸟
它肯定不在乎我

我多么喜欢
它跳动着的春天
它小脚丫上的喜悦
我多么孤单
只有绿色的草地
还在眼前

我藐视，爱钱如命的人

这里是人间
一个月 22 天工作
因为我是人
需要休息
你们富人不能太苛刻
我现在就跟你们闹翻
我藐视
爱钱如命的人
抱怨别人的人
用钉子看人的人

钱买得了世界
买不到办法对付我
没有良心
钱也是臭的
我是穷人
也有谁也拿不走的才富
小贪无伤大雅不足挂齿
大局在磨砺
心里虽还有抖动的气
但清楚不点出来那是修养

一只虫有我的忧郁之十四行诗

一只九香虫到了我的家
这迷人的蓝天
这盛开的春天
它透过玻璃窗看晚霞

透明的诱惑呀
在无懈可击的窗前
在责无旁贷的空间
它不停地爬像个大侠

我不停地在犹豫
并与它保持着距离
谁可以把它放出去

多么希望它有我一样的忧郁
我们都困在围城里
多么盼望它可以把我带出去

一切高贵的情感都羞于表达

春天在树下
它总是需要时间
去画一朵玫瑰
我总是在想象
你来的日子
灵魂在听
沉默有多孤独
如看见腐朽如万象喧嚣
在不能共享的寂静中
爱隐藏在世界的秘密里
一切都藏在心中
一切都孕在言词之外
揭示的灵魂本质
让语言之门多么沉重
世界插满假花
荒漠无法流出甘泉

我无法告诉任何人
我总是在树下
曲折地讲自己
我向枝桠分享了快乐
让小草分担了痛苦
也把自己绘在了花瓣上
春天和你都在场
一切都羞于表白
一切都多么高贵
一切都像一个新的开始
我们在沉默中独自面对
爱情你多么温暖
幸福你多么美丽
讲自己从来都是拙于言辞
而你是无所不知
你知道我爱你

爱是彼此的照亮

今天很有意义
我单独问了小草
它天使般不选择
毫无保留地与我相爱
仿佛冰镐击穿严冰
我曾带着痛苦爱过枫叶
用少年的热望
写下超过梦幻的设想
　　　但它像陌生的美女
　　　我从未获得过她的爱情

被挑起的遗憾
启迪了我对光彩的辜负
那些花园里的树木
一出生就被修剪
毫无表情地漂亮
虚假地倨傲
仿佛大雅之巅
我曾带着忧伤在快乐中
　　　无人了解我的心灵
　　　幼稚的纯粹的孤独的灵魂

像母亲找儿子说话
像爱人般亲密
嘴唇红红的半张着
爱情粉粉的在表白
野地在大胆在燃烧
一个生命的信号在攀登

我不止是活着不止是疲惫
不止是被寻找
被呼求
更是被照亮被点燃

若你只爱我的青春

你带了一篮子樱花
还有几片张开的绿叶
来看我
我写的情书呀
装满了你的眼睛
青春是要回来的
到处都是自由的盛开
　　　多么可笑的焦虑呀
　　　会在夜晚失眠
谁不想抛掉一切激烈的忧伤
你低头不要看到
抬头不要看到
谁不想在床上舒畅呼吸
你睡时要看到
醒时要看到

大地用风醮着花蕊
临摹我的情书呀
欢迎你，年少的英雄
欢迎你，会笑的骑士
　　　你像波浪踏着大海
　　　装满了快乐
青春是要有烈火的
到处都是挣扎的欲望
谁愿意忍受黑暗的占据
谁又想在寂静里不安
你躺下时不要看到
痛苦时不要看到

再见吧，忧郁
若你爱我的青春
就要爱鲜花和树叶

这样的生活是一场爱情

我的爱，我曾制造过火药
并让急躁的火吼叫
我也点燃过冷静
纠缠过颤抖的嘴唇
你跟随我
并由此熟识灾难
悲哀和混乱载着虚无
远方也吸满了水
雨突然降临
企图掀起的巨浪充满了一切
痛苦的海拖着我们

我观看过海洋和天空
看见它们确实存在
我的爱，你的名字也确实存在
在心的深处
有深深的海
幸福的风总在呼唤
珍藏的亲吻在画卷中悸动
泪水盖过的脸充满了忧伤
我的爱在一棵树下
观看天上的鸟和野地的花
啊沉默的焦虑和不安

颤抖的十四行诗

不从你眼中取温柔
不从你怀中取丰满
因为，我不担心泪水滚翻
是虚假的奶油

不从你心中取弯勾
不从你舌头取傲慢
因为，我不担心含盐的温婉
是无用的弹奏

我不担心公义沉默不语
我渴望听见急流开口
倒出比喻点水成酒

我渴望江河掀浪揭开谜语
哦，我所有的颤抖
让敌人追求

深情的十四行诗

阳光不知道距离
就到了地球上
我也不知道怎样
就看到了你

风看似被攻击
你经历数次绝望
大地震动天空惆怅
我在心里火烧焦急

我怎能不为你饱含深情
日落西山
我的情绪还含在风口

我怎能不为你析羽为旌
光明扬帆
我怎能不盼你也拿起我的颤抖

爱情是梦中之梦

我曾将你比作花朵
迷上了你，你全然美丽
我曾将你比作面包
在早晨，看你飘来的香气
可是，你是谁？我并不知道
我跟你去了彼岸
月亮上有黑色火焰
你用荆棘生火
像燃烧的青春被耗尽

没有人歇止爱情纯粹的梦幻
没有人潜抑爱情最强的本能
没有人看重爱情的得失

然而不！我不是精神乞丐
善与恶、天堂与地狱时刻在角斗
醒来，你的梦境
我要为天下人祈求
我是穷人，备受肉体冻馁之苦
但我有骨头、有血液有哭泣的复苏
我要为天下人击退黑暗
让灵魂涌起惊涛骇浪
让光明在最耀眼处升华

让你离彼此相爱越来越近
越来越近越来越近
越来越近

15

守住高贵

（2021 年 6、9 月）

守住门槛最低的高贵

我无法找到言辞
我只能将一切都藏在心中
我无法讲梦中之梦
无法不在挣扎中
我把善良留给自己
路过的初夏
小鸟仿佛在说永恒的秘密
它追逐着我
我并不懂得如何回应
那瞎眼的金钱和权势
愿你在焦虑中沉默
我的耳朵不属于你

我无法找到我的声音
我用善良与坚强沉默
我用爱的羞涩沉默
它启示着最初的爱情
我用眼睛沉默
用脚步声沉默
我无法讲述我的沉默
它有多无聊多深刻
就如我无法讲述海底
啊，我只能写寂静的诗
唱世纪的歌
暴露灵魂的本质

你可以放纵你的眼睛

夏天的女子
你把天带到了地上
把华晖带到了婀娜里
枝叶在你的身上掩映
你在我的视线里走动
生命的烈火在静静地注视

我在一堆花旁
午后的眼睛很舒服
你带来的小鹿撞到了我心上
你的皮肤健康
你的黑发调皮
你在我的冲动里秀丽

时间在风中泛着涟漪
忧郁像小颗粒挤在路旁
吱吱作响充满了侵略
让寂静的小鸟去超越它们吧
那些伛偻的碎末
让它们在烈日下焦虑

风吹过来吹过去
又落在苇草的头上
我们都是风的乘客
你不要胆怯不要失望
看那成熟的母牛多么稳健
我说它一定是在恋爱
我说你可以放纵你的注视

我需要向你吐心声

请求你不要透露秘密
我有一颗敏感的心
也有诗人的心灵
我遇到了
一种不寻常的激情
我强烈感受到了爱情
就在瞬间我看到了永恒
　　　我相信了
　　　我们都不会老

请求你不要看到我的心
我不能做深沉的思考
我蔑视晦涩的人性
我只想含蓄地表达单纯的
脆弱的需要宣泄的激情
我向你求援
我需要向你吐心声
你可喜我画你入心
可我画不好你笑的牙

风送来你的心灵

I love, I love

我爱，我爱

我没有煌赫的名字

你是奇遇得来的珠贝

我爱你在画上串细小珠链

我爱你不需要大海陪着漫步

我爱你迷上了我

那被刺伤寻求治愈的宇宙

谁是最可能的爱人

打开通往街道的大门
空气在洋葱里跳动
被刺激出火花的眼睛
发觉今天已被命名为爱人节
每一位诗人都献出了自己的诗集
每一个人都在感动
打过疫苗的我
胸膛也出现了两道火
我决定让它们在太阳下燃烧
哦，金色的笑声在噼啪作响

请给我一点风
给每朵玫瑰一声笑
啊，火炼后金子的纯洁
我愿你开无名的花
启幼稚的名
海洋上蓝色泛滥成熟而羞愧
若有人打开通往小孩子的门
我一定会惊讶
那才是最可能的诗人
那才是最可能的爱人

我只想认真地跟陌生人说再见

世界太小流浪好难
我每天都在认真地准备
　　　认真地想象和妒忌
　　　那些在海里游泳的鱼
我要让他们认真地看到
我赤脚的模样
我要认真地跟他们说再见

我不想再跟星星眨眼睛
我相信了我不是他们的伙伴
　　　月亮藏着谎言
　　　潜入黑夜又跌落海中
他看我的眼睛有点虚假
我不要他看到我流浪的梦想
我只想认真地跟陌生人说再见

青春忍不住发笑

有一个夜晚，我们把它叫篝火
我看到世上最美的校园
在秋天的叶上燃烧
强大的欲望吸引着我
在大风的树林里
一大群人在周末
我们叫它，没有距离的夜晚
这是青春，我只能路过
来吧，你一定不知道我的风度
闪电在说些什么
它像一艘海盗船
它隐藏了危险的界限
它挑衅的目光在活动
哦，迷失的街灯
被建筑的阴影压迫
饥饿的青春，我不想问你

我们在岸边，我们烧着篝火
穿吊带裙的女孩
让活跃的植物兴奋
她的肌肤吸吮着寒冷
这一个夜晚，我们叫它青春
我看到浪花因你而饱满
强大的体验冲击着我
我看到海浪卷来
又在我脚边轰然退下
青春，你到了我身上
我便不会忘掉你

你不再是陌生的
这是青春经过的校园
有火苗沾到衣服上，正好脱掉
我们不需要外套
让我们用赤裸触摸迷惘

让我们谈谈海浪，谈谈篝火
谈谈有一个夜晚
风从来没有被遗忘
风帆拉扯着双手踏着浪头
你戴着头盔，带着旅游的梦想
这是青春，因为青春
我们没有更敏銳的警觉
防备海上的突出物
让我们谈谈海鸥，谈谈爱
谈谈它像母亲默默地注视
谈谈风拍打书页，你在读书
阳光是风也是浪
你在浪上也在风中
光一直在你身上
这是世上最纯净的青春
我愿你忍不住发笑
愿你的双乳如小鹿
和健壮在沙滩上奔跑

那古老的大地的善良

原谅我，我没有更多的朋友
原谅我，我没有更高的嘉宾
一个夜晚要来
我点开千疮百孔的诗句
一个孤独像海洋
请来看微弱的灯光吧
她正为三、五好友设宴

她揣摩着单纯的酒
她忘记了前来叩门的浪花
哦，亲爱的
月亮来了，星星来了
夜醒了，海醒了
她的眼睛湿了
告诉我，我没有更多的美好

哦，请等等
这是个神秘的宇宙
我突然看到那么多纯粹的烈火
夜空不能计数
我们的对话不能计数
我多么渴望
星星把我的爱挂上
那古老的大地的善良

我知道寂寞活着

我知道时间活着
即使是最微弱的时针
也指向未来
我知道诗人活着
即使是最强壮的呐喊
也带着生命的苦难

我知道秋天活着
即使是伤痕在绵延
也带着闪烁和火花
我知道他爱这瞬息的悲壮
我多么愿意与你一起
歌颂树叶和永恒

我知道寂寞活着
我倾听他心里漂泊的声音
我知道人生不止是平庸
迄今为止你爱过什么
我深爱着他，你却不知道
这是童年的真话

每个人都是独特的生命个体

我看到雨你看到伞
我看到树叶你看到秋天
我看到镜子你看到脸
总有一天你会知道
这就是人类
你无需厌倦这样的迥异
只有独身的绅士才会与分歧
在颤抖中碰杯

所以我不想告诉你
发生在眼睛里的一切
说不出的悲哀
总有一天会像瀑布滴下泪水
你会看到雨会看到瘦削的秋天
无辜的伞会哭出來
每一个人都在雨中
雨不会告诉你他没有哭泣过

你会看到庚子看到辛丑
看到沮丧也与众不同
我会看到一个多情的女子
在一间旅馆里在生命的奥妙里
醒来写下带雨的笔墨
像兄弟举起手中的酒
为每一个独立的灵魂干杯
为每一个生命的个体讴歌
为你很重要我也很重要

梵高依然孤独

野草告诉全世界
他烧了整个麦田
从绝望那里开始烧
失眠的人都来路过
路过布满血丝的大火

怀了无趣身孕的世界
女人隆起胸膛
男人重复述说
那些相同的面具
来了也如同在海边吞吐泡沫

真诚难熬的夜晚
只有金钱不能哭泣
非凡理解力是染了病毒的梦
阻止不了孤独
多像鞭打过的呼吸
如急流汹涌投身大火

一个孩子告诉失眠的火
　　　这个世界不像他
　　　这里缺少天真的姑娘
能一眼看上他的孤独
你呢，梵高依然找不到一个

愿意嫁给他的姑娘

我只有淋浴的本领

看秋天的贫瘠吧
看我眼睛里的空洞
你需要风的诗吗
看雨怎样滋长苔藓
　　你需要双目路过你的家门
　　需要秋天最后的一片叶子吗

离开…这些像磁铁一样吸引
像眼泪一样痛苦
让我借路边的垃圾桶
证明我已来过
　　我看着它在雨中伫立
　　就像湿漉漉的街不肯远去

悲伤…在深深的心底
有风一样的欲望
企图阻止叶子喘气的声音
深沉在秋的心脏里
　　布满了密密麻麻的伤痕
　　我原来不过是雨水

我需要你
像雨水一样赤裸地走出来
路过疲惫的叶子
你要看到它在我心中坠落
我只需要你的沉默
　　　让我可以借你的心里
　　　写出最寂静的诗

寂静就像雨从来没有来过
而当你看到时
你会发现爱情是多么强势
而我只有淋浴的本领
你可以舍弃我
就像秋正经历沧桑
就像一切都不是挫折

16

得了相思病

（2021 年 10、11、12 月）

温哥华的爱都在枫叶里

我听见枫叶走路的声音

沙沙，沙沙

我看见树叶倾城的艳情

粉色拥着黄色

赭红搂着兴奋

大地在神秘中触摸

亲亲，亲亲，哇—

饥饿的灵感审美的疲劳

都来这里，温哥华的爱

燃烧着金色的美酒

看温柔如金丝雀安坐在风里

看歌唱如云雀栖息在雨里

沾有泪痕的佳人啊

只要你愿意

一条街两条街，哦

不，一座城整座城

在枫叶里

都在枫叶里

我看见她走过去又回眸
斑斓的大地沙沙
我的眼睛沙沙
她在医治在平和在抚摸
在创伤里的人类
她启示受苦的试炼和患难
去掀开那些缠绕的绷带
那些致病的距离
不在这里，都没有了

亲亲，亲亲，忘掉一切愁烦
哦，金色的一切
给爱，给人类，给世界
给你，编织美的衣裳
瞧瞧你走路的声音
不是在秋天
沙沙，沙沙
在枫叶里
都在枫叶里

枫叶沙沙又一季

枫叶湿了
太阳出来了
我踩在树叶上
早上踩在树叶上
雨踩在树叶上
沙沙

你跑得太快了
到处都是痕迹
这样也好你无处不在
我四处张望到处都像战场
你不出声
我的伤痛也不出声
你的脚印
沙沙

你跑得太混乱了
没有谁可以感动你
可你还是留下了树枝
安静而潮湿
雨将被水吸满
你将要在远方
我的忧伤也将在远方

你撒下的网在海底
用沉默触及一切
只有风在水面唱歌
我的爱不出声
你在雨中也不出声
这样也好
没有人能妒忌我的孤独
时光，你也不出声
牵我的手又攀登
沙沙又一季

地球人都像得了相思病

请你卷起巨浪
为我，你要去远游
请你折断冰冻
为我，打那美好的仗
　　　为那些說不出口的树枝
　　　松绑叹息

天将晓
请你开始海边漫游
为我，请与浪同行
那些苦恼的焦虑和不安
请它们出去
让它们自己到海底默思己过

我的爱，请给我回话
为我，请与我亲近
　　　我们已躲躲藏藏快两年
　　　但是太阳
　　　还是认出了我们
我们要勇敢让海滩曝光

那狡猾的还在不断变换居所
我们卷起衣袖夺得两管能量
期盼樯橹灰飞烟灭
人类如痛苦的海
触不到蓝天
挣扎着给疫苗发护照

如同卷起千堆雪
我们又再次卷起了衣袖
地球正经历严寒
年老的年幼的都被逼入了战场
我们要访问五洲访问往昔
我们可是自己人

远亲近邻都关上了家门
互相嫌弃
我们学会了拳击
学会了破冰与无奈
我的爱，这一刻
你要感觉我们只是地球人

地球人都像得了相思病
思念相逢与聚集
思念热浪扑面你在怀
复苏的梦想在和平与宁静里
为我，你要心欢喜
因为解药一直在心里

平安夜

星星很遥远
我感觉它在我眼睛的深处
月光很深情
我请它依偎在我怀里
如同我感觉天地间的平静
我记得风也在倾听
我们的渴望也在倾听
我记得天使在找寻
呼唤如葡萄酒
圣洁的光华
诞生在尘埃里
像这个夜晚
　　　万暗中
　　　平安在生长

我们谈论这个夜晚时
寒冷很遥远
我记住了那皎洁的宁静
照着你也照着我
多像黄金的礼物
如乳香的爱
凝结在圣善的空气里
我记住了那流淌的
那传播的
如颂歌诞生在生命里
我记住了这个夜晚
多像美丽的祝福
在万暗中
平安在生长

17

我们用了那么多艰难和渴望

（2022 年 1、2 月）

新年颂

我爱上了新年的感觉
我希望我的爱让它快乐
我希望我的盼望让它沸腾
我喜欢它向我倾怀
我们的距离这么近
这么近
我的呼吸全是你

我爱上了你踏进日月的感觉
你的足音带着伸向春天的花朵
在山颠在河谷在身边在远方
我们花了那么多寂寞和隔离
用了那么多艰难和渴望
我们的希望我们的爱
都已抵达

你的声音在攀登
呵，你像个勇士
健壮而豪迈
你将属于大地属于人类
我们共同缔造了一个个旅途
我爱上了岁月的感觉
我希望我的爱让它幸福

让我面对你大声歌唱
如同大浪互相制造壮观
让我赞美炽烈
我爱上了幸福的感觉
幸福就是爱上你
如果看到春天
开在你眼里

新年第一天颂

炮声和光明冲开午夜
激动了我的窗和眼
看你到来的快乐
这就是新年吗
我没有告诉你我的地址
这就是你吗
背后戴着忘记
前面缭绕着努力
　　　呵，你的目光与我相连
　　　这就是爱情吗

我融入这光
心里开始相信
我不想再关心人与虫和睦相处
不想再关心封锁与隔离
我只想大胆地爱你
爱你脸上闪耀着的光辉
爱你激动的血脉
　　　爱我感觉到的自己
　　　爱这生命
　　　爱新的每一天

忆故乡

我亲爱的故乡
我决定带着笔下的青春
和我无穷的依恋
用爆炸的情绪
写大吃一惊的爱情
哇，这个春天
它开始疯狂地羡慕
我随处跳动的诗句
那长长的燃烧的绿色
是我献出的欲望
我的爱
没有隔离与愤怒
　　　没有断航和残酷
　　　只有思念因我而热烈

啊，我亲爱的故土
你有麻雀和风
只会跳不会远飞
在柴草、树洞、菜籽中等我
这就是我
你有剁辣椒和酸豆角
啊，你醉无用的酒
我吟无用的情
我写了一首日期为永恒的诗
我的爱
是不断被发现的麻辣烫
没有抽泣和黑暗
　　　没有隐藏和梦幻
　　　它正在我的笔下满头大汗

金钱颂

金钱似乎不能成熟
它常常在众人面前喝酒
设宴
它怎么知道
我会无痛苦地走过

我怎么知道
它金色的笑声
不在我的身边落下
不在血管中骚动
不在身边伸展力量

毫无疑问
那些微不足道的
在阳光下自由漫步的
尘埃
一定不想承载它的崇拜
跃升为献身的烈士

虎的爱情记

路过冬天的内心
多像小叶片
苞着花骨朵
培育超越它未见的怒放
绿色的梦
漂流在奇幻的世界里
虎也找到了年
带着爱情还乡了

那么喜你来听听
那么虎，你来目睹
孩子们嬉闹和狗的叫声
在阡陌上抛头露面
因为真实
这个春天将充满了本钱
那么就让我们相亲吧
你的胸已丰满

也许在某个遥远的年代
生命会记得
我们的双手曾在春天里
劳动过
在空旷的海边
我们曾磨光岩石
让大浪开垄沟
经历过一次沸腾的梦想

新年献词

愿你爱每一个人
愿你的爱唤醒大地
愿你敲击大地的春天
热情、温柔

愿你的爱长在沙漠
啊，广阔的海洋
愿你挂满欲望
愿你的欲望洒落旷野

愿你的雨声吻遍大地
生动、赤裸
愿你的献词惊心动魄
燃烧干枯的寂静

愿你是我的救赎
我的全部我的喜乐
愿你像磁石一样吸引我
以奇妙和恩典

愿你爱所有的相逢
愿你爱大地上的攀登
在春天和花蕾之间
愿你的爱一鸣惊人

新春颂

我要赞美你呀，春天
你曾充满了忧伤
而今天，带着更新的日月
我和你同在葡萄园里
去年修剪过的树枝
正飞翔着生动的果实
　　　我看见许多宝贵的快乐
　　　正长在平庸的花丛里

平凡的春天啊
我宁愿用平常表达
我与你的亲密
你知道我不高明的言语
想要歌唱的是什么
我曾戴着面具说话
　　　你追求伟大的单纯
　　　给我欣赏简单的事物

Flowers Kiss the Sun

花吻太阳

我希望我流露
天真的错误
让善良可爱
我希望喜乐有余
给众人分享
我希望我只需要面包和糖
　　　在我的房间里
　　　写天使的诗

我劳动着弹奏着
生命的颂歌
用公义怜悯和谦卑
用尽力量去听不出奇的声音
用霜冻打过的葡萄酿酒
我希望我在正路
一点也不偏离
请让我铭记

啊，我要感谢你
那生命的春
我曾将你放在新衣服里
大人们把它放在我的被子上
半夜我听到了温暖的接吻
那是新旧交替在火热
　　　那红色的花衣裳
　　　等在黎明的爆竹声中

我穿上崭新的红花棉袄
胖胖的，用圆圆旋转的样子
欢乐着满桌的喜庆
新春总是从寒冷走来
我给每一样东西都加了糖
像给它们穿了御寒衣
给长辈们送糖拜年
　　　啊，糖是礼物

我在街上又遇见了你
糖，你跟我
从一家走到又一家
从一扇门走到另一扇门
我那隆起的棉花的衣
也沾满了细细的糖
每一个人都欢迎我
　　　那情窦初开的少年也在暗中
　　　欢跃着

他爱上了我的美丽
我要把这些糖分给每一个人
我要感谢你
我要把和平的福音分给你
音乐为你诞生
天上的地上的窗户都将敞开
倾福于你
甚至无处可容
　　　啊，刚刚诞生的春天

18

我要走向金钱到不了的地方

（2022 年 2 月）

温哥华诗意的天空

我拿起雨声
拿起枫叶
拿起起初的语言
拿起雪花
从头到尾看一遍
我不说话
它们也不说话
就在这儿
雨挂在树梢
多像少女的肌肤
清澈明亮
它们喝晶莹的泉水
用鸣鸟和雪的声音
用玫瑰花一样的翅膀
在划艇和独木舟的湖边
歌唱

诗歌从它们的嘴上传到空中
到我的嘴上
多像被爱情击昏了头脑的少年
就在这里
我和它吻在一起
我们没有把雨声回避
话语在沉默
多像细雨和树站在一起

那些长满了青苔
失去了叶片的枫树
失去了孤独

和我站在一起
多像我同热恋在一起
在沉默中
血液从来没有休息
多像农夫
多像春天把禾苗在手里飞起来

我拿起温哥华的雨声
拿起诗意
拿起那片真理的天空
我不说话
它们也不说话
我拿起文字
仿佛拿起了雨的声音
拿起了大地的声音
我不说话
它们在说话
就在这儿
不可磨灭的太平洋铁路
英吉利海湾菲沙河
雪雁雪山和湖泊
冰球棒球和足球
我们一天见面几次抚摸几次
啊，你的光，你的爱
在播撒

Flowers Kiss the Sun

花吻太阳

我要走向金钱到不了的地方
走向物质触不到的欢乐
我要在这里
带着这片无穷尽的天空
歌颂洋葱和土豆
歌颂神圣和心灵

歌颂信念和希望
让小麦的欢笑
让面粉的营养
都回到身体里来吧
让哭泣的屋子
用和平的锅煮喷香的饭
那是著名的粮食
那是用之不竭
我想看见你怎样笑起来
又看到心怎样燃烧起来
我们走了很多路
说了很多话
我们路过了很多的快乐

我想看见
雨滴怎样打湿我的语言
我尊敬的雨声
我想看你怎样滑落
在我手中
我要把你交给大海
把急流交给诗歌
纯洁的浪花也陪着我
善良地陪我走了很多路

Cathy Xinman

心漫

我那湿漉漉的语言
也开始大笑起来
我们走向滑板走向帆船
我们装满了很多风
我们的头发乱了
衣服飞了

我要谢谢你
用纯洁的热情

掀起了我的衣裳
我的血液像飞翔的巨浪
我们一起走向雨走向海洋
我吻着你的声音
你紧紧搂着我
我们一起抱住了
那睡在路边无家可归的人
那流浪的猫狗
我们一起住进了诗歌的屋子
我用爱给它戴上桂冠
我要让所有的人都得到尊敬
你的话语
像珍珠洒落在玉盘子里
就如你的高贵
历来为卑微的人献身

Flowers Kiss the Sun

花吻太阳

你把爱放入我心里
我喜欢你坐在我心中的宝座上
为了陪伴我
你创造了一山又一山的话语
让我热血沸腾
我把忧虑抛弃
像包袱脱落在菲沙河谷
这多好呀
我不再是个胆怯的人
我拿起歌声
拿起雨声
我把它放在清晨
赞美的本能
在朦胧中比我先醒来
我们一起喝水
喝雪山上流下来的水

像天鹅一样饮鹿湖的水

鹿湖的水
开满了莫奈的睡莲
为了追上一对神秘的鸳鸯
目睹它们忠贞不渝的爱情
我拿起鹿湖的脚步声
从头看到尾
好莱坞也来了
发现了它取之不尽的美
我是一个喜欢走路的人
一直和庸俗在小路上走着

Cathy Xinman 心漫

为了排斥孤独
我也在温哥华港和穆迪港
福溪和满地宝
构建我的精神小屋
像鸟巢一样挂在树上
我迷上了小鸟怎样飞过来
又怎样飞过去
每次它们飞走
我就有失恋的感觉
树叶里都是叽叽喳喳
我喜欢在声音里停留
到了吃饭的时间
也不觉得饿

每次到傍晚
紫色的玫瑰粉色的月季
会跟我走
我轻吻它们的脸庞
天空布满了爱情
布满了雨的声音霞的光辉
我便是一个感恩的人
就像是要完成自己的任务
我每天要说感谢的话
我向发怒的人说感谢的话
我并不关心为什么
如果感恩的心让人平静
我便是一个幸福的人

Flowers Kiss the Sun　　花吻太阳

我在天空下走来走去
从来没有一只鸟认识我
我把熟悉的雨放入体内
就像温哥华和雨不可分割一样
我还是那么孤独
还是那样喜欢拿起雨
那寂静无声的雨
我也会像箭一样奔跑
那是因为熊也像我一样在走路
孤独地走
我现在每天都在等候
天空下起激动的雨
下到火山口
水火交融
你看见了爱
我看见了生命

你会很喜欢
一遍一遍读生命读爱情
我是一个爱草叶
爱孤独跟我一起走的人
我喜欢把门打开
让天下沉闷的空气
从南边的窗户穿过北边的窗户
我想象风从南方的沙滩上来
想象北边总是暖流
它们在我的屋子里碰触
它们在我的胸前见面

相融、流淌、洗涤
我便是一个爱新鲜的人
爱野花爱杂草
爱冬天的枯萎
爱枯萎下的新歌

我爱东倒西歪的冬天
落叶都回了家
想象苇草下的生机
更接近我的目标
如果你愿意
请继续跟我走几步
我有男人的深邃
也有女人的细腻
让我引你进入更广阔
来了
水飞流直下
鱼逆流而上
来了
血脉偾张的海
危险与悲壮
小小的鱼儿从平静游向深不可测
游过太平洋游过大西洋
来了
鲜红的河在成长在经历
小小的三文鱼
被赐予了壮观的使命

Flowers Kiss the Sun

花吻太阳

来了
信念在水上刮着风
天空饱含风雨
它从来没有消沉的时候

有很多人
在奉献他们的感动
人类从一出生就是奇妙
无情的风会让多情的雨充满忧伤
辛酸也会到处打听
愚蠢的早晨会挣扎着醒来
哭泣的卧室填不了夜的欲望
我的诗歌献给你
困苦忧伤的有福了
因为他们必得安慰
失望痛苦的有福了
因为礼物包裹在里面

我清洁的心
会不住想念你
春天流泪撒种滋润无声
秋天必欢呼收纳
愿你在天空下不禁手舞足蹈
我们有母亲
我们是母亲是父亲是儿女
我拿起朴素的声音
放在嘴上
你看见了
这片大地的天空
我要在这里
歌颂爱
歌颂永恒
歌颂生命

共同人性

你知道，你知道
在这洁白的雪里
一天发生了多少事

你不要想繁荣的冬天
火焰点燃不了冰花
不要去忘记属于你的东西

那冰上举起的火炬
那速度中的荣光
好像远离了比赛远离了奖牌

致敬，奥运
只有你在两极之间聚集人类
风没有仇恨，阳光也在致敬

来，运动
我们要么使用要么失去
来，我们一起展现共同人性
我们消灭了距离

欢乐颂

欢乐
我的幼稚认识你
我的青春认识你
赞美今天
你还记得我

一天过去
如果你不在身边
仿佛是一个命令
我会提醒忧郁
要常常喜乐
我在夜晚触摸你
像看一只鸟
在草地上跳动
它的小脚多像我
童年的大桃树下
我穿着花裙子
胖胖的小手握着青李子
酸过的小嘴
像一颗樱桃

那个时候
我还不认识你
也不知道你会走遍世界各地
大人们把你比作懵懂
比作呵呵
比作宝贝心肝肺
哭过的眼泪也会被蜜蜂叮着
金秋时节
树上挂满了金色的阳光
我没有葡萄园
我的任务是用瓷杯子
舀酒缸里的米酒
啊，漫长的童年时代
我的文字一直带有你特有的酒味

你将丰盛缓缓铺陈
我接纳了自己
啊欢乐
你收纳了世间的沧桑
愿你爱每一个人
愿你和我们一起生活在大地上
愿你是圣洁的礼物
是献给神的诗歌
愿你闪闪发光
让山快乐
让海沸腾
愿你是嫁接在树上的枝子
是获得新生的葡萄
是新酿的香
是赞美

啊你来
让我当众打开你的奥秘
愿你发出大爱
发出火花
愿你照耀每一个人心中的牵挂
愿你保守人类的心怀意念
愿我们赞美空气
赞美阳光赞美雨水
赞美这一切生命的要素
我们为这馈赠而赞美
让赞美快乐
愿你张开嘴
啊欢乐
愿我们将一切的忧虑都给你

漫歌

你若看到时间一言不答
赞美它

不停的每一天
闪烁着珍惜这个名字

你诞生时
为何带着时间的标记

草地上
孩子们奔跑为何叫喊

旋转的时空
旋转的白天和星星

跟着我
我要赋予你新的每一天

有时是一阵雨声
有时是一个太阳

你说了什么
在神圣的黎明

爱，我渴望的风暴
翻起了滔滔海浪

永恒的旗帜
是如此的兴旺

春天消灭了距离

早上
空气降临了
潮湿地铺在马路上
汽车踩不出一点点尘埃
早起的植物
温柔地活跃着
大地变得柔软了
东倒西歪的长苇草
很快就要站起来了
被小虫反复冒犯的希望
在人类求生的主权上
在疫苗与反疫苗的堡垒中
一直活跃着
随着各种光线按部就班
我们感受到的
距离
很快就会被消灭了
一直在旁等待的
热情
早已忍无可忍了
早晨的春天
你的到来总是无懈可击

铁链消灭了距离

早上
我感受不到
天空破晓时的震撼
感受不到你献给我的吻
难道是我没有敞开自己
无论怎样
人类要为自己的行为负责
我会害怕
为一根锁在脖子上的
巨大的铁项链
我一直以为
女权运动是徒劳无用的
晚上睡觉前一直想着
那根项链太重太冷
它不适合人类
它需要被海啸带去海底
我感受不到我能说什么
因为它已夺去了我的心
很多人写了很多诗
我反复看了
没有一句可以打动

Cathy Xinman 心漫

我想我不是诗人
我写不出有用的话
现在看来
一直藏在心底
一直没有说出口的害怕
是真的

她很秀丽
她一定有我的基因
因为我也秀气
我们也许是姐妹
她只是没有穿鞋
而我只在热的沙滩上
才敢赤脚
我怕冷怕沙砾和碎片
晚上我把棉被紧围在脖子前
我不知道
她为什么什么都不怕
我为什么这么怕
我一直想
她麻木的眼睛一定迷人地笑过
而我因为想着她的样子
竟然不能入梦

我想我一定是一个男人
一个天赐的爱她的
可以给她快乐的男人
我想我一定是一个女人
凭着我排山倒海的叫声
她一定能认出
我与她没有距离

制造一个个爱的炸弹

你说得那么直白
我爱你
而且只在情人节
我告诉你
那不是爱情
那有什么魔法
去改变习以为常的事
你应该惊讶
我还能说
我爱你

当爱情失去了它的新奇
有一个发电机
它有一个闪烁的名字
无穷无尽能量源
它就是爱
你需要相信
尤其今天

爱若没有行为是假的
那么我们现在就来
制造一个个爱的炸弹
消灭一个个愁烦
盼望你会觉得好笑
啊你看起来好美

我不允许自己焦虑太久

竖立在春天的门前
风追逐着刺骨的离愁
泥土耸立起汗毛
在踩过之后
在寂静中破碎作响
这是冬天的舌头
为了让你记得
它曾占有过一切
　　　它打歪过的斜躺的太阳
　　　在风的门口无精打采
它习惯了人类对热的祈求
习惯了苇草的无精打采
点头哈腰

形诸文字
你不懂我的忧伤
它曾在坚强中洒泪
在风中怒放
　　　半个花骨朵也爬上来了
　　　湿漉漉的窗
　　　湿漉漉的月光
在挣扎之后
在春天的雨中燃烧
常春藤的话
不像是属于你的
而像是属于鸟语属于大地的
属于我怀里的

让你来我怀里
让我说感谢
让我用你的话说谢谢
每一个人和每一件事
年老的年幼的
都到春天的门前来
让它占有
让它充满
让风信子的感动湿润起来
让阳光充足起来
让灌溉好起来
让沙壤土肥沃起来
让你长出最香美的品种来
你的创造力是如此兴旺
会看到的
啊充满希望的你

19

甜蜜的春天像受了伤的金属

（2022 年 3 月）

我用颤抖的心 打开战争

我用颤抖的心
打开战争
我还那么小那么小
只能看到玩耍的朋友
也是这么小
我只能听到炮声从收音机
从眼睛从树上从大院
传来传去
空空荡荡
我们在空屋子里
没有人看到
我们走来走去
没有人希望
屋子会一直空
寂静在暮霭上沉甸
我的眼睛飞不过
我们从这一家走进那一家
屋子里空空的
我们不说话
谁挖下了深坑
把清明留下

留在了失去与猛击里
地雷在血中穿行
在空中爆炸
大院只剩下妇女和儿童
父亲们去了哪里
迫击炮弹传来巨响
三三制战术在穿插包围
战争
你打开了地上的坟墓
吞噬了地上的生灵
人类
你永恒的丰碑
你不朽的功绩
你至上荣耀
你的价值
你的品格
永不在战争里
啊战争
我不得不把你铭记
允你永不得歌颂

格尔尼卡像闪电一样击中要害

这一刻，毕加索
如果我感到我自己
不知羞耻
不知道分别善恶
不知道赤身裸体
该有多好
地上金子是好的
珍珠和红玛瑙是好的
地上的走兽是好的
空中的雀鸟是好的
我将青草赐给它们作食物是好的
我无法以更抽象的意象描绘世界是好的

难以实现的愿景
赤裸裸
只有灰白没有光
冷酷和痛苦装满了人和动物
树从地里长出烧焦的棕褐色

所有的光明
都提供美丽的颜色
恐慌和恐怖是侵入大地的色调
像象牙黑从铁罐里冲出来
像投枪一样
在大地如沼泽
那是鳄鱼的作为

西班牙蓝色的眼睛啊
你的忧伤像闪电一样击中要害
击中了黑夜和燃烧
击中了古老的步履
击中了油和伏尔加酒的战栗
凶狠贪婪重返人间
像跳出泥潭的狼
攻击了奶与蜜的孩子
露珠睁开天真的眼睛
天空特别清楚
它永不放弃的
是晴空万里
啊，格尔尼卡
你为什么要隐藏惊天秘密

懒惰，被低估的一种能力

谁能打败
小草与阳光的联盟
谁能鄙视
时光与懒惰编织的情爱
我如实地叙述
绝不描绘
阳光充满了我的窗
我关上又打开
啊我愿意它穿过我身
从东到西
从南到北
我愿意为偷懒的欲望所捕获

我甚至愿意委身于尘埃
它懒洋洋地躺在地上晒太阳
重返大地的幸福
是身披庆典的金子
四处闲荡的光辉
好似结果子的大地
我情不自禁地听小草说俏皮话
我偷听到它们聪明的议论
梦幻般的智慧在奔跑
我的眼睛沾满了灰尘
你就这样成了一个闲暇人
我有致命的羞怯
不敢说我爱你
我的爱情啊就这样诞生了

我甚至爱上了不劳作的小鸟
它拍打翅膀
把我凝望又将我抛弃
树枝伸出苔藓的小手
我忍不住与它对视
就一会儿
我就爱上了它
我想象它编织花篮的样子
是否像女人们刺绣
男人们纺纱
我的诗就这样荡漾出来了

我曾像天才嘲笑懒惰
嘲笑它的失误
嘲笑它的躲躲闪闪
它把一声最宝贵最纯洁的感谢
如水滴
落在我的嘴上
我嘲笑它俘虏了我
我嘲笑它的成功
像嘲笑一朵朵无所事事的浪花
嘲笑描绘活泼与安静
我嘲笑自己
一个可笑之人

你的灵魂没有一丝白发

女人 照你的习惯快乐
照你的光华四射
照你的习惯迎接朝阳吧
男人 照你习惯赐福
照你的习惯献花吧

女人 照你的微笑沐浴阳光
让食物从地里向上
让感谢拍拍双手
让鸟儿举起翅膀
让山快乐
让海幸福
让赞美辽阔
人类啊，请用颂歌叫唤女人

请用平安吮吸她的奶汁
爱母亲的孩子
是如此强大
我多么爱你的保护
我因此而喜爱幸福
我因此而相信永恒
我因此而喜爱赞美的诗篇

我再次靠近
你的胸脯袒露炽热
熟悉如心跳
你的手臂仁慈
像永远的怀抱
像永远融入的呼吸
我再次回到你的呼唤
熟悉如眼泪

女人 照你的习惯得奖赏
我向你保证
我用放大镜看
你的灵魂没有一丝白发

甜蜜的春天像受了伤的金属

甜蜜的春天
我看见一个甜蜜的人
充满了诱惑坐在长椅上
左手按住六条弦
右手弹拨垂柳的颤音
棒球帽上戴着运动衫的帽兜

我的麝香草不见了
你不要把我的斯卡布罗集市
从耳边拿走
你需要倾听吗
太阳啊你不是很大吗
好似无瑕的石油在黄金的土地上燃烧
请代我问问他
为啥要戴两个帽子

甜蜜的春天在湖边
凫雁、荷花、和加拿大鹅
我看见一把木吉他
戴着两层大帽子
它蒙住了耳朵
我东看西看
原来风还在啃啮冬天的战场
像受了伤的金属
残忍的敌对就像痛苦的利齿
很冷

我们失去了手拉手

我遥远的蓝天
我身边的小云雀
啊你沉默的眼睛
是否想着遥远的男人
那不知名字的
那在烟雾中纠缦的
柔软的石油
顶着巨大的压力冲上云霄
绚烂的罂粟花
在谁的挣扎里丧失理智
遥远的女人
想着遥远的孩子
那是可怜的温柔
逃吧，颤抖吧
受伤的玫瑰在盘旋中飞翔
被迫降临
在基铺的雪中

风躺平

我倾听这春天的风
我倾听山坡上残留的记忆
我从前爱过你
我喜欢你沧桑地走近
在远方又触手可及
我喜欢那颗树上空洞的鸟屋
安静地和我在一起
我们置身于贫穷
我们相视于沉默
我愿风强行带走我的爱情
这样我们都会无忧无虑
像船放下桅杆
风躺平在海面
我只想听到它细微的呼吸

忧愁是欲望送来的
我听这春天的风
在我的头发里蛮横
它多像强有力的统治者
大口吃肉
大声训斥
其实你控制不了我
当我举起双臂轻声祈祷时
我看到栖居在狂野上的懦弱
充满了甜蜜的勇气
向我表白它内心
我们的声音飞速行驶
有巨响从天空传来

像大能力崛起
我们从甜美的睡眠中醒来

春史诗

春啊，请给我讲述你足智多谋的内心
从古到今，你总是轰轰烈烈
像手持长矛的英雄
身披战袍肌肉发达
让冬惊吓不已转身离去
当我要拜访你时
我选了东边雪上受伤的金属
和西边一路高歌猛进的石油
请你带回家
让它们留在你的卧室
聪颖的，你知道
它们需要安睡一会
请你看管好
不要让强盗疯子夺走了

请把门关紧，让鸦雀无声
春，请给我讲述你智勇双全的经历
讲述怎样用你的智慧
怎样让泪水横流的大地
赢得玫瑰花的爱情
怎样让浪漫重回花园
教我耐心地看大地娴熟地晒太阳
看它激励的每一颗草
看热气腾腾的每一个生命
我在你的指挥下
让石油和金属不发出声音
我们一起安静地驶过夜幕
曙光，请给我讲述你计谋韬略的辩论

光，你赐的安宁和幸福
正像花朵把自己打开

思念的春

白天落向你，夜晚落向你
我们置身于天地之间
奔放的是时间
它指向天指向地
指向过去
指向未来
憔悴、孤独、寂寞这些都不属于你
多么湿淋淋的早晨
雨斜飘向你
草叶攒满了你
活跃的纯洁的水滴
天真地以为
明亮地跳跃
这似是而非的人间
我们似曾相识
我们是否有过情投意合，难舍难分
是否有过悲伤有过火焰
哦，春
你比谁都明白比谁都俊秀
你定时而来又唱歌而去
你在思念谁
你在谁的怀里

我的火投向你
燃烧，燃烧，燃烧一切苦难
一切悲伤
我的诗句投向你
心灵鸡汤都是骗人的安慰剂
我只要喜乐的药
灌入生命的水
活水，活泼的水
绵绵不尽的爱
你在远方在星星的远方
我用祈祷摇动你的手
你突然降临
永远，永远我都不要思念
永远永远我都不要寻找
这失落的伊甸园
我已退入了懊悔
摔落了羞耻
我什么都没有
除了你

我们喝了七杯酒

这日黄昏，你已来到我的家门
像脱离奴役的羊
饥饿难忍
我们点燃烛光我们祝祷
我们喝了第一杯酒
我们邀请穷人辛酸的人
我们用泪水洗手，洗手
我擦干你的手
我们喝了第二杯酒
我们用泪水洗脚，洗脚
我擦干你的脚
我们用泪水唱歌，唱歌
水变成了酒
我们喝了第三杯酒
我们喝了第四杯酒

我们赞美我们祝福
像挂满了泪水的草叶
在春天

春歌

我停下来看你，看你
我的女郎
你冲进了我怀里
我停下来看水，看水
你的嘴唇游去了水里
像鱼儿呼吸一张一合

此刻我像春天一样快乐
不，我比它更快乐
像蜜蜂一样像花粉一样快乐
火热的枯萎淋着雨
那么久那么久
它顶着太阳站起来了

我的快乐不说话，不说话
午后的阳光停下来看我，看我
看我的脸，我的脸
我长满了雀斑的脸，火辣
我的女郎
我是你的情郎

我注视水草在细波下飘逸
啊，绿色的生命，灵动的快乐
淡金色长发的少女路过我
她用欢快的一声 Hi, 把我拉过去
她微笑地走远了

我想问她为什么要 Hi 我
可她像风，像花一样走远了
我的女郎
春又落到了地上
来吧，亲爱的
你的头发，你的美貌，你的快乐
赠予这人间

20

复活的血脉

（2022 年 4、5 月）

忽然感觉到爱

樱花从那边看过来
看过来
我从这边走过来
走过来
我又遇见了你
我爱过的眼
我痛惜过的眉
你又看见了我
现在如此安静
仿佛我们从没有过别离

你带我来到四月的第一天
来到雀鸟扭腰的地方
来到松鼠窥视的草地
你歌唱的是什么
忽然感觉到爱
我是个经不起诱惑的女人
受过蛇的伤
身负醒悟的痛
现在如此安静
仿佛我们重回了伊甸园

请用春天爱我

浓密的水，绿色的风
今天我躺在纯洁的风里
我向白云发送了目光
蓝天刚好成熟
它充满了少年的好奇

我给绿色的名字
我善良的爱的名字
在树上
谁知道有多少光在亲吻
向你，我献上我的火焰

来吧，爱情
燃烧那些多刺的荆棘
让火花抓住寒冷
那些凄凉的见证者
是今天，大地上的合唱

让我哭泣吧
在春天，我的水
请给我比爱还甜蜜的爱
献给你啊

爱情落在我身上

春天落在我身上
给我手，我的爱
嘴唇有蜜蜂晕倒
双乳是小鹿生的
浓重的花粉维系着春的火焰
年轻的大地
在点燃每一个角落
不驯的风
热的媚
在呼唤你的名字
原野熠熠生辉
就这样，爱我吧

暴风雨是要来的
直播是要来的
不经剪辑加工的雨
将自己变成财富
从天空到海洋
向你，我献上炽烈
跟我一起吻这赤裸的雨吧
它将在烈焰中飞翔
复活的血脉
将你碧玉般的目光落在我身上吧
黄金的爱带着永恒的价值
刚刚降临

被投诉的十四行诗

风横着走竖着鸣
真是羞耻
我水晶的香水瓶
失去了脖子上镶嵌的 18 克拉钻石

我东倒西歪的头发
也被摧残，失去了尊严
我向风大声叫骂
都是你，都是你，讨厌

还我白色檀香，印度茉莉，德国玫瑰，还我黄钻
风屹然而立，无依无靠赤裸裸
它居然说我歧视向我窜
还流出眼泪写下诉状发送怒火

我的痛苦最直接，风夺去了爱情，我的被它蔑视的
我有什么错的

诗是个复杂的人物

诗是个简单的人物
它一生都在写诗

所有的诗句都是这片树叶
所有的颜色都是它的家

所有的勇气无非是自信
它与灵魂相交
无非是隐密和庄重

所有的敏捷都带着跳跃
所有的飘落都向着永恒
向着飞翔向着的爱

我把荣誉分享给你
把没有痛苦的盐交给火焰

所有的偏执都是生命
是出绿的翡翠原石

时间叫了一整天

这样绿色寒冷的一天
这样举着拳头的树枝
我担心它松懈下来
接受风的诱惑
迈开成熟的步伐
我担心
时间叫了一整天

我宁愿寒冷继续努力
将骨朵儿留住
我担心这样的依恋
伤害自己
伤害不了时间
我请它罚站悬在空中

让早晨慢慢舒展身体
让一天慢慢醒来
被抛弃的岁月啊
像大海，充满了吞噬
我宁愿明天充满了遥远
在这里爱你的一天
时间没有流动

今天下了七次雨

他说了七句话
天空下了七次雨
我渴了

往哪里去，我不知道
谁引我向前，我不知道
爱他们，因为他们不知道

他不知惧怕，我也不知惧怕
黎巴嫩的香柏树啊
绑在牛膝草上，它的根穿越石块

我渴了，我的眼睛下了七次雨
不知道我爱你有多深
各各他

我仍然相信

你可以掀起魔鬼的疯狂
让所有恐怖的声音一齐响起
你可以骂我很丑
骂我黑色的头发
骂我一辈子的肤色
你把我打成脑震荡
你仍将施暴
我仍然相信公义

你可以像魔鬼一样靠近我
让所有的声音都讨厌我
我没有避弹衣没有头盔
你夺去我的衣裳
袭击我黑色的眼睛
你骂我是低等人
骂我是野蛮人丑陋人
你仍将无耻
我仍然相信公义

你可以歧视露珠天真的眼睛
像撒旦一样穿过黑暗
像恶棍一样指控无辜
我仍将睁着善良的眼睛
和黑夜作伴
你无法让所有的人
都闭上眼睛
我有超级的一根筋
永远供应疼痛的反抗
你仍将作恶
我仍然相信公义

在悲悯中呼喊

当愤怒
在使命感超越责任感时
我停在中间的
那几乎要放弃的念头
被供应的疼痛
再一次打开黑色的眼睛
那在公义里
在悲悯中
呼喊的
仍将奋起

我将举起拳头

我尊敬的人类
我看到唐人街石狮
它的眼睛变绿了
它睁着奇怪的大眼睛
不安全在四周等待
中山公园也布满了臭味
仇视的符号涂满了墙壁
邮差也不敢走近了

我尊敬的石狮
我看到你受到了惊吓
你风雨兼程守在千禧门
你没有口罩
却成功地抵挡了病毒
现在你身上布满了
歧视和冒犯
我有什么办法帮助你
奋起反抗

我只有诗

让我给你读一首诗

一首马丁路德金的诗

一首我仍将奋起的诗

你让我忽然觉醒

我在梦中觉醒

我已没有选择

我将举起拳头

抗议

你最好

你最好可以进入树林
进入隐秘
我便可以看到
你行走的孤独，是森林的孤独
耸立的依然耸立
让榨取的依然榨取
我只剩下孤独
我从不把忧伤抛弃
这里无人为一朵花，发泄风暴的火焰
道格拉斯冷杉原木正在享受
一种平躺放松的心情
我比大树更接近它的温柔
木纹紧握青色的苔藓
什么寒冷不被它鄙视
什么功利不在这里栽倒
被自然吻过的胸膛
充满了柔韧，不会潮湿变形
被野草亲过的嘴唇
像大海，充满了伟岸

你最好也可以走出森林
辽阔的依然辽阔
让沉默的依然沉默
孤独，是人群里的孤独
是一颗高贵的灵魂
我从不把黑夜当作白天
如繁星在远方，也在身边
像偶遇一只在水草丛中，打盹的天鹅
我用热情叫唤它，它并不想听到
让乏味的依然乏味
我想它已厌倦人类追逐的呐喊
像搏斗一样充满了刀枪
让饥饿的依然饥饿
如血液在压力中充满了歌唱
让它来感动生命
其实你听了我的呼求

蒲公英自带微笑

天空下黄色的精灵
我说你又来陪伴
我说你带来温柔的花瓣
打湿了贫瘠的土地
　　　粗燥的石块也做着飞翔的梦

矿物、岩石、和宝石
我说坚硬的石头在呢喃
在我们相爱的地方
明亮的山坡，活跃的草地
我贫瘠的想象力
　　　如何迈出金色的脚步

自命不凡的春天
寂静的相逢
孤独啊，你在哪里
蒲公英神秘的宇宙
我爱你自带笑脸

这个世界不配拥有诗

真是感恩
有人说收藏我的诗多年
却羞于承认
他神秘地
把我的诗关进一个个黑屋子
说是珍藏
拿出来有什么用
还能当酒喝?
喜欢诗的和写诗的
都像是得了病的
只有骨头是清醒的
这个世界不配拥有诗
你说我错了
请拿来证据咯
或者拿来钱
买我的心血

晚樱

天使，就像是要把春天用尽
银灰色的树干张着唇形的目光
为了使我伤感
你又从这个地方盛开
浅粉色的甜蜜

更明艳，更红，更重瓣
大量地向我涌来
你在童话里还是我在童话里

你以这样的方式，刺激我的心
我缓慢的脚步
说服不了你陶醉
而深情满地的芳香

在这个被蒲公英点亮的路上

在这个被蒲公英点亮的路上
啊，阳光留在上面
空气留在上面
　　一张张亮晶晶的笑脸
　　唱出了多少飞翔的痕迹

梦想终将实现
我看到激动的内心
挤满了贫瘠的土地
多少辛酸酸苦难
如种子落下
如飘扬的旗帜

春天正发出呼唤
从天空到海洋
到处都在响应
草叶那么洁净
感动多么直率
　　我们的对话多么生动
　　我和你是多么纯洁美好

我爱这吃草的奶牛

我爱这疼痛的分娩
我爱这疲惫的喜悦
我爱这初生的婴儿
在母亲的臂弯里恬静地酣睡
古老的人类
胸前诞生的乳汁
是我们喜欢的爱情
闪光的
从你怀中开始的
是金色的麦浪
随风起伏的
是一望无际的碧绿

我爱这天空下风吹动的道路
我爱这吃草的奶牛
我爱这属于每一个人的母亲
我爱这和平追求的
爱这强有力的
在泥泞中挣扎过的伤痛和汗水
我爱这呼唤
在血脉里孕育和渗透的
爱、孝敬、赞美和感恩

21

你要笑

（2022 年 9 月）

如果你爱我

叫我天使
如果你爱我

因为你让
泪珠奔跑
因为你让我能看到
你眼中的爱

一定是
我爱你

你最好觉悟
你最好凝视我的眼睛
当我笑的时候
你要笑

当你感觉我心跳时
匹配你的

跟我一起写诗吧

夏天是美好的
立秋就让它立吧
阳光依然年轻
太阳下
是我所爱的地方
你问我为什么总要写爱
我爱这一切生命的痕迹
我爱这为食物饥饿的
为未来忧虑的
为爱面带微笑的
我爱这在垃圾桶里找回收的
为瓶子的到来兴奋的
我爱这两分钱的废物
我爱我羡慕的
两分钱的幸福

我爱这流浪的人
他给我礼貌地让路
他一定是同情像我这样一个
瘦弱的女子
驾驶一辆 7 座爱酷拉车
他一定是可怜我依然缺乏的自信
他用眼睛用手示意我：
勇敢地向前走
啊，我由此而充满了感恩
我向我感恩的心致敬
我握方向盘的手也变得粗大
我睁开的眼睛也更尽本分
我爱那个无家可归的人
拿走了草地上的香蕉
我爱这走失的食物
在太阳下
我爱这在我身上到处流动的光泽
弹奏着地上的石头
啊，人类稠密的创伤
让石头弹唱
我们疲惫的心进入石头的心
让它接待我们的绝望

我爱这止不住的诗歌
从心里到海里
像江河像神迹
我爱这深不可测的光线
在太阳下
我吸收它在身上噼啪作响的燃烧
脱掉包裹着肌肤的外衣吧
让光照亮
让它消灭一切黑暗
让罂粟听到教堂的唱诗
让蓝色的天空充满了和平的钟声
让爱露出它勤劳的双手
在太阳下
在我爱你，你爱自己的地方
露出我们像苹果一样的脸
红红的
让夜疾驰
啊，生命每天都在诞生
如黎明如赐的祝福

为了阳光照耀的道路

载着天空的蔚蓝
曲线无边无际
群岛搂着水的细腰
我爱的海
躺在我面前
我追求的石头
坐卧在海的身边
像一个伤心过的诗人
重拾天地的信心
我绝不为海边的豪宅弯腰

撬动我骨头的
是石头的心
英吉利湾啊乔治亚海峡
你常常为富有的沙滩激动
庆典的烟花汇演的笛声
一浪高过一浪
总是在黑夜里逞强
像赴宴的人
我一步一步走到山顶
又滑移到我追求的石头上

我路过了很多安静的屋子
我绝不为它们的殷实而烦恼
我路过了很多笑容满面的
男男女女
我绝不会为我的笑容而疲惫
为了阳光照耀的道路
我们轻易离家
载着天空的高贵
我们追求的石头在海边
我贫穷的心
只剩下石头
我们一起跳动的心
都冲上了云霄

感谢感谢感谢

巨大的感谢让我荣幸称之为朋友的每一位，
感谢现在、过去和将来的每一位。

感谢您所有的激励与赞誉。

感谢所有的朋友、所有的时间，
感谢推荐、阅读我诗集的给我荣耀给我支持的每一位，
感谢你们给我的力量，
感谢带来的阳光与希望。

愿你享受美善和祝福。

Thank you for reading this book.
Hope you enjoyed it.

More of my work can be found at
www.cathyxinman.com

Please feel free to write to me via
Email: xinmancathy@gmail.com
WeChat: happyat122503

感谢阅读
作者联系方式
邮箱：xinmancathy@gmail.com
微信：happyat122503

作者简介

心漫(Cathy Xinman)，濡墨韵沈香温润岁月，秉聪灵激扬锦绣文字。旅居北美。作品多以爱为永恒主题，深受聂鲁达诗意象影响。双语诗人。被誉为华语诗坛中具有诺贝尔奖潜在实力的诗人。她也是诗作被媒体采用最广的华语诗人之一。80 年代末开始发表诗作，作品入选世界文学图书馆。新书英文诗集《你爱自己的地方》（Where You Love Yourself）已在德国、瑞士、美国等大型实体书店和全球网上。

About the Author

Cathy Xinman is immersed in ink rhythm and agarwood and warms the years. Her works have been published since the late 1980s. As a bilingual poet, most of her literature take love as the eternal theme, deeply influenced by Neruda's poetic imagery. Known as a poet with the potential of the Nobel Prize in the poetry circle, she is also one whose poems are widely adopted by the media. Currently living in North America, she is also the English poetry book author of Where You Love Yourself.

CPSIA information can be obtained
at www.ICGtesting.com
Printed in the USA
BVHW071803200123
656717BV00006B/337

9 781777 397050